완전한 번역에서
완전한 언어로

완전한 번역에서
완전한 언어로

정영목 번역 에세이

문학동네

책을 펴내며

 번역으로 이야기를 하는 것이 아니라 번역에 관해 이야기를 한다는 것이 영 내키지 않던 때가 있었는데, 지금은 좀 달라진 듯하지만, 그런 마음의 뿌리는 여전히 그대로 남아 있다. 내 일은 번역을 하는 것이지 번역에 관해 말하는 것이 아니라는 생각, 번역에 관해 말하는 것은 번역 자체의 미진함에 대한 군색한 변명이라는 생각 등이 그런 것일 게다. 그럼에도 번역에 관한 이야기로 책 한 권이 묶일 정도가 된 걸 보면, 본업에서 일탈도 많이 하고 번역 자체도 적잖이 부실했던 모양이다.

 어쨌거나 이 책은 그때그때 필요에 따라 쓰거나 말로 한 짧은 글들을 한군데 모아놓은 것이다(강연에 사용한 원고가 꽤 있는데 약간 손을 보았다. 앞쪽에 실린 인터뷰는 내 말이 들어 있기는 하지만 사실상 김혜리 기자의 글을 꾸어다 놓은 것이라고 할 수 있다). 어떤 일관된 체계를 염두에 두고 쓴 글들이 아니기에, 중언부언에 어수선하기 짝이 없다. 게다가 오랜 기간 생각이 아주 좁은 공간을 맴돌고만 있었다는 사실이 한눈에 드러나는 것이 쓴 사람 눈에도 안쓰러워 보여, 이렇게 책을 내는 게 일삼아 화를 자초하는 짓이라는 느낌도 없지 않다. 그럼에도 한 편 한 편 뭔가 하고 싶었던 이야기는 있었다는 생각으로 위안을 삼고, 심지어 공감도 약간 얻었으면 하는 희망까지 품어본다.

글의 배열은 시간 순서가 아니라, 이 책에 달린 과분한 제목을 정해준 편집자의 머릿속에 있는 질서 감각을 따랐는데, 그렇게 배열해도 읽는 데 별문제가 없다는 것은 그간 생각이 대폭 바뀌는 사건은 없었다는 뜻일 수도 있겠다. 앞으로도 크게 바뀔 일은 없을 듯하지만, 좀 나아질 수는 있지 않을까 하는 기대는 가져보고 싶다.

2018년 5월
정영목

번역과 나

"세상 모든 일이 번역인지도 모르죠" **•**

영화 〈존 말코비치 되기〉(1999)에는 7과 1/2층에 자리잡은 사무실이 등장한다. 천장이 유독 낮은 이 방은 알고 보면, 타인의 몸속으로 미끄러져들어가는 비밀 통로다. 번역가의 작업실을 상상하는데 퍼뜩 그 괴상한 방이 떠올랐다. 출판 번역가의 작업실이란 말하자면 독자의 방과 저자의 서재 사이 층계참에 포복한 셈이어서, 유심히 살펴보지 않으면 지나치기 일쑤다. 역자의 작업은 저자의 머릿속에 들어가서 본 것을 독자들에게 전하는 일이다. 번역가 정영목의 작업실은 일산이다.

• 2008년 11월에 이루어진 『씨네21』 '김혜리가 만난 사람' 인터뷰이다. 허가를 구해 전재한다.

보통 회사원들이 직장에 도착할 즈음 집을 나서는 그는 십오 분을 걸어 친구의 연구소 한쪽에 자리잡은 책상에 앉는다. 그리고 커피와 인내심이 식지 않도록 주의하며 영어로 쓰인 책을 한 줄 한 줄 모국어로 옮긴다. 1991년 『세계 미스터리 걸작선』으로 출판 번역가로 입문한 그가 옮긴 책은 줄잡아 백여 권. 『의뢰인』(시공사, 1993) 『펠리컨 브리프』(시공사, 1992) 등 존 그리샴의 스릴러가 초창기 정영목의 작업이고 알랭 드 보통의 저서 중 다수가 그의 손을 거쳤다. 노벨상 수상 작가 주제 사라마구의 『눈먼 자들의 도시』 연작은 적당한 포르투갈어 역자를 만나지 못해 그가 중역重譯한 경우다. 화제작 『로드』(문학동네, 2008), 『서재 결혼 시키기』(지호, 2002), 『책도둑』(문학동네, 2008)이 그의 번역으로 소개됐고 비소설로는 모차르트, 붓다, 간디, 융의 전기와 『지젝이 만난 레닌』(교양인, 2008), 조지프 캠벨의 『신의 가면 III: 서양 신화』(까치, 1999) 등이 있으니, 웬만한 애서가라면 책꽂이에서 정영목의 이름을 어렵지 않게 발견할 터다.

기나긴 임종의 기록에 가까운 암담한 내용에도 국내에서 십육만 부 가까이 팔린 소설 『로드』의 역자 후기에서 정영목은 스스로를 "친절하지 않은 번역가"라고 규정했다. 그러나 그의 이름에 거는 편집자들의 신뢰는, 번역에는 '친절'보다 중한 미덕이 있음을 방증한다. 정영목과 세 권의 책을 낸 문학동네 이현자 팀장은, 문학성이 깊고 번역이 까다로운 소설의 최고 적임자로 그를 꼽으며 "그저 한 문장을 잘 옮기는 것과 작품 전체의 온전한 이해가 뒷받침된 균형잡힌 번역에는 큰 차이가 있다"고 설명한다. 도서출판 강 대표인 정홍수 문학평론가는 로알드 달의 단편집 『맛』(강, 2005)을 정영목의 새로운 번역으로 읽었던 소감을 "이야기만 같을 뿐 구간舊刊과 완전히 다른 소설이었다. 번역의 중요성을 실감했다"고 말한다. 번역가의 대학 동아리 후배이기도 한 정홍수 평론가에 따르면 청년 정영목은 사람들 사이에 문제가 생기면 정리해주는 조용하고 현명한 형이었다고 한다. 학창 시절 그의 자취방을 찾아갔다가 책상 왼쪽에 원서, 오른쪽에 원고지를 두고 곧바로 펜을 달리는 광경에 감탄했던 일도 정대표가 전하는 추억이다.

하지만 지인과 동료들이 말하는 성취를 본인의 목소리로 듣는 일은 불가능하다. 정영목은 밥벌이를 위해 번역을 했고 본인의 노동이 성실하기만을 희망할 뿐이라고 반복한다. 옮긴

이에게 주어지는 한 뼘의 공간인 역자 후기에서 그의 글이 고집하는 자세도 극도의 겸양이다. 존 밴빌의 맨부커상 수상작 『신들은 바다로 떠났다』[•] 후기는 "맨부커상이 영국에서 유명하고 중요한 문학상이라는 것 외에는 아는 것이 없지만"이라고 말문을 연다. 그리샴의 소설에 견해를 보탤 때는 "저자가 사회적 문제를 이야기한다고 번역가도 편승한 우스운 꼴이지만"이라고 유보 조항부터 단다. 그런 그가 챙기는 것이 하나 더 있다면 '지금 여기서' 이 책을 읽는 이유와 의미다. 영국과 러시아 제국주의가 중앙아시아에서 벌인 쟁투를 그린 피터 홉커크의 『그레이트 게임』(사계절, 2008)에서, 독자들이 영국인 저자를 과도하게 동일시할까봐 조심스레 경계한 후기는 좋은 예다.

번역은 독해보다 천만 배 무겁다. 외국어로 의미를 어림잡는 행위와 그것을 모국어 문장으로 확정하는 결단 사이에는 통과해야 할 엄격한 법정이 존재한다. 번역가 발레리 라르보는 훌륭하게 정리했다. "번역은 삶과의 끊임없는 친밀한 접촉

• 『바다』(2016)라는 제목으로 문학동네에서 재출간되었다.

이다. 독서라면 그 삶을 흡수하여 소화하는 것으로 족하다. 하지만 번역이라는 것은 그 삶을 밖으로 잡아 끌어내 세포 하나하나마다 새로운 몸뚱이가 솟아오를 때까지 자기가 꽉 붙들고 있는 것이다."(쓰지 유미, 『번역사 산책』, 이희재 옮김, 궁리, 2001) 세상이 번역을 '먹물의 막장'이라 불러도 "그럴지도 모르지" 주억거리며 묵묵히 일해온 사람, 인터뷰 내내 번역 예찬이라고는 "어찌 보면 세상 모든 일이 번역인지도 모르죠"라는 단 한마디가 전부였던 사람과 헤어지며 나는 그가 번역가의 묵직한 의자에 무척 어울린다고 생각했다.

이태원에서 성장기를 보내셨다고요. 언뜻 듣기엔 번역가에게 어울리는 고향이라고 여길 수도 있겠는데요.(웃음)

> 지금의 이태원은 몰라도 제가 어려서 살던 해방촌은 그렇지 않았어요. 기지촌이라 미국인들을 더러 보긴 하지만 접촉은 없고, 그렇다고 "기브 미 쪼꼬렛" 할 시대는 지났고. 이북에서 넘어온 사람이 많고 부대 정문 앞에서 아가씨들이 미군 병사를 기다리는 부박한 곳이었죠.

번역이라는 작업에는 원전의 뒤에서 자신을 드러내지 않는 내성적인

일면이 있습니다. 실질적으로 책상에 홀로 앉아서 하는 일이기도 하고요. 일의 성격과 본인의 기질 사이에 관련이 있다고 느끼세요?

지금까지 해왔다는 건 제가 뭐라 생각하든 성격과 맞는 것 아닐까요? 설령 맞지 않았어도 맞추었다는 뜻이고요. 굳이 조직생활을 기피했거나 중뿔나서 회사를 못 다니겠다고 뛰쳐나온 경우는 아니에요. 졸업 직후 문예진흥원에 들어가 일 년 남짓 다녔죠. 문예지 원고료 지원 업무였는데 조사하고 접수하고 영수증 챙기는 일을 했어요.

'문예'라는 단어가 포함된 것이 선택에 영향을 줬나요?

(잠시 생각한다.) 저희 세대의 진로 고민은 지금 세대와 달랐을 거예요. 제 경우에는 직장을 선택할 때 우선 고려한 것이 최소한의 시간만 일을 하고 칼퇴근을 해서 나머지 시간에 다른 일을 할 수 있는가였어요.

느낌에 그 '다른 일'이 취미는 아닌 것 같은데요. 1980년에 대학(서울대 영문과)에 입학하셨는데 혹시 정치적인 이유로 도망 다니는 처지의 친구를 도우셨다거나……

그맘때야 친구 절반은 도망 다니고 있었죠.(웃음) 더 중요하게 여기는 일이 따로 있었다고만 말하죠. 그러다 영문과 대학원 간다는 핑계로 직장을 나왔어요. 그 대학원은 몇 년 전에야 겨우 졸업했지만.(웃음) 직장을 나온 뒤에는 돈을 벌기 위해 학원 강의와 과외, 번역 같은 일을 했지요. 하지만 가르치러 왔다고 남의 집 대문을 두드리는 일이 싫어져서 과외는 그만두고 수입은 시원치 않지만 번역만 하게 됐어요. 번역은 1991년부터 시작했는데 '부업 의식'의 여파는 꽤 오래갔어요.

남들 눈에는 영문과와 대학원을 차근차근 나와 번역가가 된 직선코스인데 내막은 그렇지 않군요. 번역이 생업이라는 자의식은 대략 언제쯤 왔나요?

아마 『마르크스 평전』(푸른숲, 2001)을 옮긴 즈음이었나 봐요. 중요하다고 여겼던 일이 끝나고 계속 흔들리는 상태에서 내 일이 뭔지 정신 차리고 생각해봤어요. 그 나이에 고시를 보는 친구, 유학을 떠나는 친구도 있었는데, 저는 사람이 못나서 하던 일을 관성적으로 하게 된 거죠. 그즈음 번역할 책을 제가 고를 수 있는 위치도 됐고요.

저는 기본적으로 번역가란 이방의 언어와 문화에 반한 사람들일 거라고 짐작하고 있었는데요.

상상하셨던 번역가의 이야기를 듣고 싶으시다면 제 아랫세대를 만나셔야 할 것 같습니다. 저나 제 윗세대가 외국문화에 대한 매혹을 번역가가 된 동기로 꼽는다면 전 거짓말이라고 의심할 것 같아요. 저희 세대는 영문학을 전공하는 게 과연 정당하냐고 의문을 제기한 세대거든요. 영문과더러 제국주의학과라는 농담도 오가는 상황에서는 서구문화에 대한 매혹이 있다 해도 뒤틀려서 표현됐겠죠.

매일경제와 인터뷰하시면서 경제학이나 법학이 아닌 영문학을 선택한 이유를 "평범하게 살고 싶어서"라고 답하셨던데요. 거꾸로 법학이나 경제학을 할 경우 예상한 결과는 뭔가요?

어린 나이에 법이 무엇인지 알기나 했겠습니까? 법학이나 경제학이 싫었다기보다 그 전공은 부모님이 내게 바라는 바의 상징이었죠. 반발심 때문이었던 것 같아요. 집안 어른들이 기대하는 삶을 도저히 살 수 없을 듯한 예감이 있었어요. 그래서 인문대를 가겠다고 하니 부모님께서 정 그러면 영문과를 가라고 하셨어요. 일종의 타협점이었던 것이죠.

학창 시절 독서를 많이 한 편입니까?

많이 읽은 친구들에 비하면 턱도 없죠. 즐겨 읽긴 했

는데 어머니가 학업과 무관한 책 보는 걸 말리셨어요. 그래서 대학 가면 하고 싶은 공부를 할 수 있다는 기다림이 컸죠. 그런데 1980년 3월에 입학을 해보니 공부하기 어려운 상황이었어요. 본래 늦되는 편이라 학생운동에 동참하는 데에 갈등이 있었어요. 공부 좀 해보려고 했는데 방해받는 게 싫었고, 고교 시절 교련 과목이 싫었듯 대열에 서기 싫은 저항감이 있었죠. 그러다 1981년에 경제학과 4학년생이 도서관에서 투신했어요. 공부만 하던 선배였다고 했어요. 이게 뭔가, 큰 충격을 받았어요. 판단과 행동을 가속한 사건이었죠.

말씀을 듣다보니 한 시절을 박탈당한 것처럼 느껴지기도 하는데요.

저는 절대 박탈당했다는 생각을 해본 적이 없어요. 누가 강요했던 것도 아니고 하고 싶은 일을 했기에 즐거웠어요. '화양연화'라 불러도 좋을 만큼 행복했다고 생각해요.

그 시절에도 외국어 사회과학 원전에 대한 갈증이 있었을 법합니다.

일본어는 선배들에게 남들은 사흘 배우면 읽는다고 구박받으며 한자로 대충 때려잡는 법을 배웠어요. 『자본론』을 그때 영문판으로 구해서 봤어요. 세익스

피어보다 사회과학 서적을 먼저 본 경우죠. 『성문종
합영어』 다음의 제 영이 교과서는 그쪽으로 넘어간
것 같네요. (웃음)

1991년 『세계 미스터리 걸작선』으로 처음 출판 번역을 시작하셨습니다. 당시 번역가들의 상황이 기억나세요? '번역계'라는 것이 있었는지, 세대 구분은 있었는지.

안정효, 이윤기 선생님 외에 특별히 번역가가 언급되
는 일은 없었어요. 번역으로 밥을 먹고 사는 사람이
없었으니까요. 정상적인 사고방식을 가진 사람이 번
역만 해서 먹고살겠다는 생각을 할 수가 있나요? (웃
음) 단, 소설을 쓰려고 하거나 다른 일을 도모하는 중
간 단계에 번역을 하는 전통은 길었죠. 합리화지만,
제가 말씀드린 부업 의식이 저 혼자만의 것은 아니었
죠. 번역을 한 사람이 매달려 할 정상적인 직업으로
나도 남도 인정하지 않은 긴 세월이 있었던 거죠.

그렇다면 지금의 상황은 어떻게 달라졌습니까?

안정효, 이윤기 선생님이 중요한 역할을 하셨고 또
IMF 이후 번역가를 지망하는 분들이 급속히 늘어났
어요. 실직자가 많아지니 번역은 좌우지간 혼자 먹고
살 수 있는 일이라는 생각이 있었던 게 아닌가 싶어

요. 지금은 출발부터 번역을 업으로 지향하는 사람들이 있죠. 새로운 세대를 보면 내게는 애초에 없는 자세가 있구나 생각합니다. 제게 번역은 첫사랑 같은 느낌이 전혀 없고 어쩌다보니 같이 살고 있는 상대에 가까우니까요.(웃음)

번역 작업의 일반적 순서가 궁금합니다. 일단 책을 통독하고 일을 맡을지 결정하시겠죠?

과거에는 책을 선정하는 일도 맡는 번역가가 더러 있었고 지금도 기획을 겸하는 훌륭한 번역가들이 계십니다. 하지만 요즘은 주로 출판사가 에이전시를 통해 책을 선정합니다. 책을 받으면 빠르게 읽으면서 할 만한지 살피고 답을 드립니다. 그리고 번역을 시작하죠. 전 둔한 편이라 읽어서는 감이 안 오고 손으로 옮겨봐야 알겠더라고요. 보통은 절반가량 진도가 나가면 궤도에 오릅니다.

궤도에 오른다 하면?

배우로 치면 대사가 입에 붙는 거죠. 저자의 문체가 내 몸에 붙어 대충 이런 거구나 하는 느낌이 오죠. 처음에는 불분명했던 대목이 뒤쪽을 마저 읽으면서 비로소 이해되는 경우도 많아요. 아, 이 사람은 말을 이

런 식으로 하는 사람이구나 깨닫는 거죠. 그렇게 한
사례 번역하고 처음부터 다시 보며 습득한 스타일대
로 다듬어요. 그러니까 앞쪽 절반을 퇴고하는 시간이
더 오래 걸립니다. 제 경우는 초고 만드는 시간과 다
듬는 시간이 얼추 비슷해요. 이렇게 다듬어 보낸 다
음 나중에 편집자와 의견을 나누면서 역자 교정을 보
고 옮긴이의 글을 마지막으로 씁니다. 동시에 두 권
정도 진행해요. 종일 같은 책만 붙들고 있으면 얼마
나 지루하겠어요.

**번역을 논하는 사람들이 이구동성으로 하는 말이 외국어도 잘 알아야
하지만 모국어 실력이 더 중요하다는 이야기던데요.**

소설은 번역의 결과 자체가 소설로서 읽혀야 하죠.
그런 의미에선 모국어 실력이 중요하다는 것이 맞는
말인데, 문제는 그 능력이 어디서 오냐는 거죠. 예를
들어 글솜씨가 있으면 되느냐, 문장 구조가 정확하고
비문만 없으면 되느냐. 저는 그리 간단한 문제가 아
니라는 생각을 합니다. 다시 말해 내가 우리말을 구
사하는 법은 국어 실력뿐 아니라 번역하는 방식과도
관련이 있거든요. 번역은 저자의 스타일을 향해 가려
고 애쓰는 것이기에 문제는 내가 우리말을 잘 쓰느냐
보다 저자의 문체를 우리말로 잘 옮겼냐입니다.

번역이란 원칙적으로 불가능한 작업이란 전제를 인정하고 들어가야 할 수 있는 일이라는 말도 있는데요. 극단적 예로 움베르토 에코의 『장미의 이름』(열린책들, 2001)의 서문을 보면, 14세기 말 독일의 한 수도사에 의해 라틴어로 쓰인 작품의 17세기 라틴어판을 프랑스어로 번역한 것을 다시 이탈리아어로 옮겼노라 써 있잖아요.(웃음) 이것을 다시 한글로 번역할 때는 어떤 문제가 합당한 것인지 굉장한 고민에 빠질 수밖에 없잖아요?

불가능이라…… 원작과 번역은 다른 거죠. 같아야 한다고 생각하면 악몽이 되는 것이고요. 말장난이나 운을 갖고 벌이는 유희를 그대로 번역하기는 힘들어요. 나아가 오리지널 텍스트가 뭐냐는 질문도 할 수 있습니다. 『오만과 편견』이라는 걸작이 있을 때 작품의 의미가 고정돼 있다면 많은 학자들이 논의할 필요도 없겠죠.

문외한 입장에서도 번역은 딜레마 덩어리로 보여요. 단어를 정확히 옮기는 게 옳으냐 아니면 사상을 옮기는 게 옳으냐, 운문을 운문으로만 옮겨야 하느냐 산문으로 옮겨야 하느냐, 독자와 동시대 문체로 써야 하느냐, 원전과 동시대의 책으로 읽혀야 하느냐 등등. 매번 작업할 때마다 그런 문제를 고민하시나요?

무엇이 옳고 그르냐의 문제로 풀면 얘기가 복잡해집니다. 번역가의 선택이 가능한지도 별개 문제입니다. 제가 "자, 오늘부터는 의역을 해볼까?" 하고 의역을 하는 건 아니라는 거죠.(좌중 웃음) 광고라면 메시지 전달이 중요하지만 문학 텍스트는 오역이 아닌 이상 번역가의 기질과 성향, 세상과 만나는 방식이 결정적인 것 같아요. 제 경우 굳이 어느 쪽이냐를 묻는다면 직역 쪽에 가깝습니다. 독자의 편의를 염려하는 것은 편집자 소관이고 역자는 저자가 어떻게 말한 것인지를 충실히 옮기는 것이 당연하다는 생각이죠.

근본적으로 인간을 이해하는 기술이 필요하겠군요.

그렇죠. 번역에서는 말귀를 알아듣는 게 가장 중요하고 어렵다고 생각합니다. 비단 저자뿐 아니라 기본적으로 인간에 대한 관심이 깊어야 누가 무슨 말을 하더라도 맥락을 잡을 수 있지 않겠어요? 이른바 '초를 치는' 번역은 싫어해요. 번역은 설명이 아니잖아요? 원문 풀어쓰기paraphrasing도 아니고요.

번역문이 술술 읽혀야 한다는 의견이 있는가 하면 반대쪽에는 번역문은 원문 쪽으로 끌어당겨서 쓴 이질성이 있어야 한다는 견해도 있던데요.

저보고 둘 중 하나만 고르라면 번역스러운 번역 쪽을 택하겠습니다. '번역투'가 나쁘다는 것이 통념인데, 왜 나쁘냐고 반문할 수 있거든요. 번역인데 번역투가 아니라면 뭔가 문제가 있다고 볼 수도 있지 않나요? 가만 보면 몇몇 분열적인 직종이 있어요. 번역은 번역이 아닌 것처럼 보여야 칭찬받고 연기는 연기가 아닌 것처럼 보여야 호평받고. 정신 건강에도 안 좋은 겁니다.(좌중 웃음) 옛날엔 실물과 똑같다는 것이 그림에 대한 칭찬이었지만 달라졌잖아요. 저는 번역의 매끄러움에는 집착하지 않습니다. 번역의 완성도와 직결되는 문제는 아니라고 봐요.

사실 주된 비난의 대상은 한글 문장을 번역투로 쓰는 경우죠. 번역서가 악영향을 끼쳤다고 원흉으로 지목받기도 하지만요. 우리가 읽는 책의 절반 이상이 번역서라면 자연스러운 사태이기도 하겠죠.

번역의 영향이 없진 않죠. 하지만 A라는 저자의 목소리는 영어로 읽어도 독특할 수 있어요. 그리고 작가란 모름지기 그런 독특한 목소리가 없으면 작가가 아니잖아요? 비문을 옹호하자는 것이 아니고 저자의 문투를 무화하는 방향은 제 방침이 아니에요. 그걸 어떻게 보존하느냐를 고민하는 쪽이죠. 물론 번역가 중에는 (글이) 이런 꼴은 못 본다고 생각해 다듬어버리는 경우도 있을 거예요. 입장의 차이죠.

서평이나 신문의 책 기사에서 번역을 언급하는 경우가 있습니다. 주로 거칠다고 지적하느라 언급하는 예가 많지만 매끄럽다는 칭찬도 있

죠. 기자가 원서도 읽었을 가능성은 희박한데 무엇을 기준으로 좋은 번역이라고 하는지 여러 생각이 드실 것 같습니다.

일단 대부분 원문과 대조 없이 평한다는 점을 고려해야겠죠. 기사에서 번역을 논하는 의도는 사실 본격적으로 번역을 평가한다기보다 이 책은 기본이 안 돼 있다는 평을 우회적으로 말하는 방법 아닐까요? 대체 무슨 말인지 알 수 없다는 거니까. 축구 경기를 보면서 기본기가 안 돼 있다고 해설하듯이 말이죠.

번역가로서 마지막 방법이 영어 원문을 그대로 쓰고 주석을 다는 것일 텐데요. 역주에 대한 생각은 어떠세요?

주석을 싫어하는 건 편집자들이죠. 책이 어려워 보인다고. 학술서도 아닌데 그래야 하냐고 묻기도 하는데, 전 번역서는 당연히 그래야 한다고 봐요. 영어의 말장난도 어떤 역자들은 비슷한 우리말 농담으로 치환도 하지만 일단 전 그런 재주가 없고요.

왜요. 『책도둑』에서 "A로 시작하는 말"을 "ㅅ이나 ㅆ으로 시작되는 말"로 옮기셨잖아요? (웃음)

조지 오웰의 『카탈로니아 찬가』(민음사, 2001)를 옮길 때, 제복이라 치고 입었는데 결과가 전혀 그렇지 않다는 표현을 '제각각복을 입었다'라고 옮겼어요. 그 때는 뭐 약간 제 상태가 좋아서 해본 건데,(웃음) 만약 그런 농담이 자주 나왔다면 아이디어가 있어도 그렇게 옮기지 않았을 거예요. 기본적으로 재치가 없어요.

의뢰를 많이 받는 번역가이십니다. 수락 여부를 좌우하는 조건이 뭔가요?

처음 읽었을 때 독자 입장에서 제가 느끼는 호감이 중요합니다. 기본적으로 소설이나 인문·사회과학서라면 좋겠다는 바람이 있고요. 무엇이건 저의 어느 한 부분을 건드려주는 책이길 바라죠. 그런 동기가 없으면 몇 달의 작업을 어찌 견디겠습니까? 좀 이해해주세요.(웃음)

출판사 열린책들에서 낸 『미메시스』라는 번역 무크지가 있었습니다. 1999년에 '올해의 좋은 번역서' 가운데 선생님이 옮긴 『신의 가면 III: 서양 신화』가 있던데요. 개인적으로 성취감을 크게 느끼는 번역서는 무엇입니까?

번역의 완성도에 대한 만족과 성취감이 일치하진 않아요. 일단 『마르크스 평전』이 떠오르네요. 『지젝이 만난 레닌』도 작업은 힘들었지만 보람 있었어요. 존

스타인벡의 『통조림공장 골목』(문학동네, 2008)도 대단하다는 생각을 했죠. 마치 어려서 읽은 한국의 민중소설, 그것도 아주 잘 쓴 작품을 보는 것 같았어요. 현실을 끌어안는 품이 푸근한데 그 위에 예술적 깊이와 온기도 대단해서 각별했습니다.

제약 조건 없이 선택할 수 있다면 번역하고 싶은 책이 있나요?

호찌민, 레닌, 마르크스, 마오쩌둥 평전을 해보고 싶었어요. 마오쩌둥은 좀 생각이 달라졌지만. 이 나이에도 설레는 남은 로망으로는 프로이트가 있었는데 그의 평전 번역에 곧 착수할 것 같습니다. 피터 게이가 썼으니 책은 좋을 것 같습니다. 한때 베토벤 평전을 옮기고 싶어 안달을 하고 출판사 사장님을 설득하느라 공을 들였는데 막상 설득에 성공하고 나니 다른 출판사에서 먼저 계약을 했더군요. 클래식 음악을 좋아해서 음악가 전기를 해보고 싶은데 기회가 많이 돌아오지 않네요.

주로 인물에 관한 책이군요.

중요한 인물의 저작을 옮기기엔 제 능력이 미흡한 것 같고, 평전이 제가 할 수 있는 중요한 작업이라고 생각해요. 난이도로 치면 소설이 최고죠. 어찌 보면 인문·사회과학서는 빠져나갈 구멍이 있는데 소설 번역은 결과 자체가 완성품이 돼야 하니까요. 예컨대 『지젝이 만난 레닌』의 경우 쉽지 않은 번역이었지만 지젝은 기본적으로 독자에게 말을 하려는 사람이거든요. 반면 소설 『로드』의 작가 코맥 매카시는 꼭 말을 하고 싶어한다고 보기 힘든 면이 있어요. 독자가 알아듣는지 여부에 딱히 관심이 없달까. "잘 모르겠냐? 어쩔 수 없지"라는 식이죠. 내게 설명하는 사람의 이야기를 옮기는 일과 그렇지 않은 사람의 이야기를 애써 알아듣고 번역하는 데에는 차이가 있죠.

『로드』는 암울하고 무거운 내용에도 불구하고 십육만 부가량 판매됐다고 들었어요. 올해의 작은 사건이랄까.

저도 의외였어요. 정보가 없는 상태로 번역하겠냐는 제의를 받았는데 간결함이 주는 매력과 알 수 없는 힘에 끌렸어요. 이게 뭘까, 더 알고 싶었어요. 책이 성공한 뒤 제 친구가 내린 해석을 옮기면 『로드』는 누구나 대입하기 쉬운 절망을 그렸기 때문에 잘된 거라더군요. 우리 독자들의 좋은 책에 대한 수용력이 크다고 생각할 수도 있어요. 저 같은 사람에겐 큰 힘이 되죠. 일할 수 있는 작품의 폭이 넓어지고 자유가 커지니까요. 사실 『로드』를 통해 얻은 가장 큰 대가는 그거예요.

번역하는 과정에서 사전에서 꼭 맞는 단어를 찾지 못하는 경우가 많나요?

> 번역을 배우는 학생들 말이 사전에 나온 1번의 뜻으로 번역하면 안 된대요. 실력이 없어 보이니까.(웃음) 그렇지만 저는 1번이 제일 중요한 뜻인데 그걸 피해가면 어떡하냐고 해요. 단어의 의미는 문맥이 규정하죠. 사전에 나온 풀이가 문맥에 들어맞지 않으면 그때부터 고민에 들어가는 거죠. 사실 작가가 일일이 사전을 들춰 보며 원문을 쓰는 건 아니잖아요? 사전이 몇 권이라도 소용없는 부분이 있어요.

민음사 세계문학전집을 보니 편집위원들이 문학의 고전은 세대마다 새로 번역돼야 한다고 표명했어요. 번역은 원작보다 수명이 짧다는 것이 상식인데요.

> 그 문제도 단순하지 않아요. 그분들은 그렇게 선언했지만, 원작은 가만히 있는데 번역은 왜 시대마다 새롭게 되어야 하느냐는 질문에 답하기가 간단한 건 아니죠.

번역문에 쓴 단어가 예스러워져서 동시대 독자들이 잘 모르는 경우가 있겠죠?

저는 현재 흔히 쓰지 않는 단어도 뜻과 느낌이 맞는다면 쓸 수 있다고 보는 쪽입니다. 쓰지 말아야 할 유일한 이유는 독자들이 이해하기 힘들다는 것인데, 독자들은 사전을 찾아보면 안 되나요? 어휘 선택도 일종의 검열이라고 생각해요.

불필요한 외래어를 쓰지 말자는 것과 비슷한 맥락일 수도 있겠죠.

그러나 원문이 젠체하며 외래어를 쓰는 문체라면 번역도 그래야겠죠. 실제로 출판 관행이 저자들의 문장은 토씨 하나 고쳐도 난리가 나니 조심스럽게 다루는데 번역문은 편집자가 윤문하기도 해요. 저로서 기분 좋은 변화가 있다면, 과거에는 당의를 입힌 매끈한 번역이 선호됐지만, 지금은 원작의 문체를 어떻게 정확히 드러내느냐에 관심이 높아졌다는 점이에요. 『로드』도 예전 같았다면 그런 불친절한 문체를 살려서 출간하기 쉽지 않죠. 주제 사라마구의 『눈먼 자들의 도시』—한 문단이 몇 쪽에 이르는—역시 독특한 문체를 출판사에서 받아들여줬고요. 『책도둑』도 흔치 않은 구성과 문체라 초반 진입을 못한 독자들이 제일 먼저 하는 말이 "번역이 뭐 이래?"거든요. 그래서 편집자가 고마워요. 좋은 편집자와의 만남이 번역가에겐 중요합니다.

본인이 번역한 책 중에 개정해서 번역하고 싶은 작품이 있나요?

(눈을 크게 뜨며) 다죠, 다. 저한테 한정 없이 잡고 있으라
면 한 책을 갖고 끝도 없이 고칠 걸요? 오역은 당연
히 바로잡지만, 그것을 빼면 역자 교정 이후에는 일
부러 책을 안 보려고 해요. 그걸 어떻게…… 가끔 제
번역을 인용한 글을 보면 낯뜨거워 못 읽겠어요.

영화를 볼 때도 자막 번역에 대해 민감하십니까?

미디어 번역을 전공하는 친구들 말을 들으니 가로 번
역은 몇 자 이내, 세로 번역은 몇 자 이내로 해야 하
다보니 원뜻과 무관한 번역을 하는 분도 있대요. 물
론 그분의 스타일이겠지만. 저는 영화를 잘 모르지만
어떤 영화는 언어가 매우 중요하다고 생각해요. 우디
앨런 영화자막을 만드는 데 글자수 제한이 있다면 몹
시 괴로울 거예요. 그분 영화가 스펙터클이 있길 하
나 그야말로 말 갖고 하는 건데 대사를 잃으면 영화
의 큰 부분을 잃는 셈이잖아요. 그걸로 먹고사는 사
람인데……(웃음) 딱 한 번 아바스 키아로스타미의 책
을 번역하면서 한꺼번에 〈바람이 우리를 데려다주리
라〉(1999)의 자막을 번역했는데 악몽이었어요. 자막
번역의 고충을 알았죠.

번역하는 입장에서는 관념적인 명제보다 시시콜콜한 묘사가 옮기기 더 어렵지 않나요? 역서 중 책장의 역사를 다룬 『서가에 꽂힌 책』(지호, 2001)을 읽었는데, 중세의 사슬 달린 책장의 생김새를 설명하는 문장들을 읽으며 옮기는 이가 괴로웠을 거라는 생각이 들더군요.

묘사의 번역이 의외로 굉장히 힘들어요. 일단 이미지를 제 머릿속에 확실히 잡아야 우리말로 옮길 수 있고, 동시에 문체도 살려야 하거든요. 제일 싫어하는 내용이 음식과 옷이에요. 먹어보거나 눈으로 봤어야죠. 특히 여자옷은. 번역뿐 아니라 작가들도 묘사력을 보면 재능을 가늠할 수 있어요. 묘사를 못하는 사람은 영어 자체가 꼬여서 이미지를 설득 못하거든요. 주장하는 문장이 훨씬 쉽죠.

한 문화권에는 존재하지만 다른 나라에서는 등가물을 찾을 수 없는 단어가 많을 텐데요. 관직명도 그렇고요.

『번역어의 성립』(마음산책, 2011)이라는 일본에서 나온 책이 있어요. 민주주의, 연애 등 열 개의 단어를 갖고 처음에 서양어로부터 어떻게 일본어로 번역됐느냐를 따진 책이죠. 예를 들어 경제라는 말은 언제 어떻게 해서 쓰게 됐는지 알 수 있죠. 레이먼드 윌리엄스가 쓴 라틴어가 영어로 흘러드는 과정에 관한 책도 있어서 한때 이 두 권의 책을 엮어 번역해볼까 하는 구상도 있었어요. 일본 책이 먼저 나와서 무산됐지만.

선생님이 두 권 이상 번역한 작가들을 살펴보면 존 그리샴, 알랭 드 보통, 주제 사라마구, 타리끄 알리 등이 있는데요. 어떤 작가들이라고 생각하세요?

존 그리샴은 정의감이 중요한 장점이죠. 그 정의감의 실체가 무엇인지는 다른 문제지만요. 주제 사라마구는 노동자 출신다운 강단과 세상을 보는 각도가 있는데, 낯선 그의 스타일이 실은 구술문화에서 온 것이라고 해요. 타리끄 알리는 훌륭한 저널리스트이고 이슬람 문화에 대한 애정은 깊지만 의욕만큼 성취한 작가는 아직 아닌 듯합니다. 알랭 드 보통은 쓰려는 주제 안으로 독자를 포섭하는 능력이 있죠. 무거운 책과 가벼운 책을 번갈아 내는 느낌입니다. 신경질적인 면도 있지만 무게도 실을 줄 아는 저자입니다. 제가 번역한 책 중에서는 『불안』(이레, 2005)이 가장 마음에 들었고 현재 『일의 기쁨과 슬픔』(은행나무, 2012)이라는 책을 쓰고 있대요.

다양한 작가의 책을 작업했는데 옮긴이가 같아 나타나는 문체의 일관성이 전혀 없을까요?

누군가 그런 말을 제게 해준다면 최악의 평가일 겁니다. 피아니스트에게 베토벤과 쇼팽을 똑같이 연주했다는 말과 같은 거니까. 물론 불가피한 공통점이 있고 저의 무엇이 저자와 변증법적으로 작용해서 번역이 나오는 것이겠지만요. 훌륭한 배우의 경우 어떤 배역을 연기했을 때 "이게 그 사람이었어?" 하고 놀랄 때가 있잖아요?

배우의 경우 육체성을 떼놓을 수 없으니 약간 다르겠죠. 가끔은 독자로서 동의하기 힘든 내용을 번역하기도 할 텐데요.

제 의견을 피력하는 자리는 아니니까요. 최근 나온 『그레이트 게임』이 그런 예인데, 저자 피터 홉커크가 영국인의 시선으로 아프가니스탄인을 폭도로 간주한다거나 하는 대목이 동의하기 어려웠어요. 그런데 한국의 독자들은 '폭도'라는 말의 다양한 함의를 이미 역사적으로 경험해서 아니까 굳이 각주를 달지 않고 역자 후기에만 언급했습니다.

선생님은 유학도 간 적이 없고 해외여행을 자주 다니시지도 않는데요. 영어를 잘하기 위해 온갖 투자와 노력을 하는 젊은이들이 보면 비결을 궁금해할 수도 있을 것 같아요.

물론 언어에는 끈적한 속성이 있고 해당 사회에서 살아보지 않으면 터득하지 못하는 요소가 있어요. 그러나 영어든 한국어든 어떤 언어를 잘한다는 것은 일정한 선을 넘으면 모두 사고의 문제, 인간의 문제라고 생각해요. 말귀를 잘 알아듣는 게 핵심이라고 본다면 영어를 잘하는 것과 한국어를 잘하는 것이 같은 의미일 수 있죠. 그리고 영어를 잘하는 건 좋은데 그걸로 무슨 이야기를 하려는 것인가라는 의문이 들어요. 물건을 사고팔려는 건지, 철학을 하려는 건지, 연애를 하려는 건지. 그런 요소가 있으니 제가 번역을 하고 있겠죠? 외국 거주 경험이 없고 이중언어 사용자가 아니라서 번역을 못한다면 저 같은 사람은 낄 자리가 없겠죠.

자동 번역기계가 등장했을 때는 감회가 어떠셨나요?

서류 양식의 번역이라면 모르지만 소설의 번역은 '사람의 일'이란 생각을 해요. 배우처럼 불가분의 육체성이 번역에 붙어다니는 것은 아니지만 언어를 교환하고 이해하는 영역에서는 인간만의 고유한 영역이 개입하거든요. 아닌 척하고 싶지만, 투명한 체하고 싶지만, 번역은 사람과 사람 사이의 일이라 번역가의 무엇인가가 책 속에 남을 겁니다.

『지젝이 만난 레닌』의 후기에 번역 준비 과정에서 과거에 나온 책들을 보면서 이십여 년 전 금서를 번역했던 익명, 가명의 번역가들에게 감탄했다고 쓰셨던데요.

과거의 책들을 찾아본 까닭은 일단 틀리고 싶지 않았고. 앞서 옮긴 이들의 뒷받침을 받으면서 작업한다는 느낌을 받고 싶었기 때문이에요. 번역이 좋아서 감탄하기도 했지만, 그렇게 하도록 만든 원동력에 눈길이 갔어요. 저야 먹고살려고 번역한 거지만 그들에게 번역은 틀려서는 안 되는 절박한 문제였던 거죠. 오류 여부를 떠나 본인의 번역이 당시 논쟁의 중요한 근거가 되고 행동을 결정하는 큰 변수가 된다는 데서 나오는 서늘한 기氣를 느낄 수 있었어요. 그때 그 사람들만이 소유한 기운이었고 지금의 저한테는 없는 부분이라 부럽기도 하고 그립기도 했습니다.

어쩌면 번역이란 지금 말씀하신 정치적 절박함이건 다른 문화에 대한 호기심이건 문학에 대한 동경이건, 아마추어적 열정이 중요한 분야가 아닌가 싶습니다. 번역을 비전문적 영역으로 여긴다는 뜻은 아니고요.

패러독스인데, 이십 년 전 레닌을 번역한 사람들은 당연히 아마추어였을 텐데 그들만큼 프로가 되겠다고 의식한 사람도 없었을 거예요. 레닌 이론의 핵심이 직업혁명가론이잖아요.(웃음) 아마 새로운 세대들은 아마추어적 정열을 바탕으로 프로페셔널 번역가가 되겠죠?

혹시 반대 방향의 번역, 한글을 영문으로 옮기는 작업에는 관심이 없으십니까?

> 여러 설이 있지만 모국어가 도착어(번역문의 언어)가 되어야 한다는 이야기가 맞는 것 같아요. 저는 번역이 아트(art, 예술)인지는 모르겠지만 크래프트(craft, 장인의 기술)는 되는 것 같아요. 즉 결과로 나오는 언어를 세공해야 한다는 뜻인데, 세공은 모국어가 아니면 힘들 것 같아요.

추신: 나이와 함께 체력이 쇠하고 집중의 지속이 짧아졌다고 정영목은 말했다. 이어 "그래서 저를 끌어당기는 힘이 강한 책이 점점 더 필요해집니다"라고 덧붙였다. 거꾸로 젊은 번역가들이 시기를 놓치지 말고 덤벼들어야 할 책이 있다는 뜻으로도 들렸다. 느슨해지려는 몸과 마음의 탄력을 추슬러주는 정영목의 도락은 등산과 클래식 공연 관람. 얼마 전에는 그가 사는 도시의 음악당에서 최다 관람 관객 2위로 뽑혀 부상을 받기도 했다고. 푯값이 아닌 방문 횟수를 합산한 덕분일 거라면서도 흐뭇한 기색이 비친다. 번역가의 가슴에는 원작을 다른 언어로 옮기는 과정에서 불가피하게 누락시켰던 말의 부스러기가 쌓일 테지만, 연주자는 공연으로 작품을 끝없이 재

해석할 수 있다. 연주자와 연주를 향한 그의 사랑에는 혹시 그런 특권을 향한 천진한 동경이 포함돼 있는 게 아닐까.

번역의 세계

번역에 관한 짧은 생각 몇 가지

우리말에서 '—답다'는 말은 많은 사람의 마음을 다잡아주며 사랑을 받는 말이다. '나답게 산다'는 말은 한 사람의 정체성의 핵심을 표현하는 명제가 되기도 한다. 또 한 나라의 정체성과 관련이 있는 공자의 말 "군군신신부부자자_{君君臣臣父父子子}"를 우리는 대체로 "임금이 임금답고, 신하가 신하다우며, 아버지가 아버지답고, 자식이 자식답다"고 번역한다. '—답다'는 말을 사용하지 않는다면 이 구절을 도대체 어떻게 번역할지 궁금하다.

물론 '—답다'는 말은 사람이 아닌 대상에 붙여 쓸 수도 있다. "뉴스가 뉴스다워야 뉴스지" 같은 말이 그런 예가 될 것이다. 그러면 번역의 경우는 어떨까? "번역이 번역다워야 한다"는 말도 성립할까? 이 경우에는 고개를 약간 갸우뚱하게 된다. 번역은 어쩐지 번역 냄새가 나지 않아야 좋을 것 같다는 생각 때문이다. 실제로 "이건 번역 같지 않아!" 하는 말은 주로 칭찬으로 사용하는 말이다. 반면 "이건 번역투네!" 하는 말은 어김없이 어떤 번역을 부정적으로 평가하는 말이다. 번역처럼 보이는 것은 좋은 번역이 아니고, 번역처럼 보이지 않는 것이 좋은 번역이라는 통념이 우리 생각을 지배하기 때문이다. 이런 통념을 따르자면 번역다운 번역은 번역 같지 않은 번역이 되는 셈이다.

번역의 모순

어쩌면 바로 이런 모순, 번역다운 번역은 번역 같지 않은 번역이라는 모순이 현재 번역을 둘러싼 여러 문제의 핵심에 자리잡고 있는 것이 아닐까 하는 생각을 해볼 때가 있다. 조금 과장해서 말하자면, 이런 모순 속에서는 번역 또는 번역가가 정체성의 위기에 빠지지 않는 것이 이상하다는 생각이 들기도 한다. 음지에서 양지를 지향해야 하는 무슨 비밀요원처럼 특수훈련이라도 받지 않는 한 자신을 투명하게 지워야만 살아남을 수 있는 상황, 말 그대로 '유령작가'가 되어야 하는 상황을 일상적으로 견디는 것은 만만치 않은 일일 것이다. 반대로 밖에서 보자면, 자신의 정체성 하나 제대로 정립하지 못하고 혼란 상태에 빠져 있는 일 또는 사람을 제대로 대접해주지 않는 것 또한 당연하다고 할 수 있다. 아마 대체로 무시하고 가끔 동정해주기 십상일 것이다. 물론 때로는 '유령작가' 자리에 유명인의 이름을 대신 박아넣고 판매 촉진을 도모하기도 할 것이다.

아, 이런 이야기를 하는 것은 번역가들의 처우 개선을 이야기하기 위해 포석을 깔아놓으려는 것도 아니고, 밤에 술안줏감으로 사용할 자기 연민을 하나 쟁여두려는 것도 아니다. 거꾸로 결과로 드러난 것들만 거론해서는 이야기에 별 진전이 없지 않겠느냐는 말을 하려는 것이다. 예를 들어, 방금 말을 꺼내다 만 이른바 '대리 번역' 문제도 마찬가지다. 이 문제에서도 물론 도덕적인 면은 그 나름대로 짚어져야겠지만, 문제의 뿌리는 아무래도 번역 자체가 처한 조건에서 찾아야 하는 것 아닐까? 번역 같지 않은 번역이 찬사를 받게 되면, 번역은 '번역 냄새가 나지 않는, 매끄럽게 잘 읽히는' 글로 규격화되고 표준화되어간다. 지금 읽고 있는 것이 번역이 아니라는 가상의 느낌을 만들어내는 방향으로 간다는 것이다. 그렇게 하기 위해 어떤 규격에 미달할 경우에는 이른바 '윤문'을 거쳐 규격품으로 만들어놓는다. 이런 상황에서 A라는 번역가가 번역한 것과 B라는 번역가가 번역한 것은 무엇이 다를까? A와 B를 바꾼다고 무엇이 달라질까? A와 B의 차이가 있다면 규격품에 얼마나 근접했느냐의 차이일 뿐이고, 그 차이는 또 그 방면의 전문가가 얼마든지 메울 수 있는 상황에서.

동어반복의 중요성

만일 번역의 이런 모순이 번역에 원래 내재하는 것이라면 번역의 정체성 운운하는 이야기는 그 방면에서 밥그릇을 챙기려는 사람의 강변밖에 안 된다. 아니면 그런 모순 자체가 정체성이라고 말할 수밖에 없다. 이 점에서는, 상당히 다른 경우이기는 하지만 어떤 면에서는 비슷한 모순에 빠질 수 있는 그림의 예를 참조해볼 수도 있다. 그림이 눈에 보이는 풍경이나 정물을 정밀하게 모사하는 것 자체를 중시하던 시절도 있었다. 이때에는 그림을 두고 '진짜 같다', 즉 '그린 것 같지 않다'고 말하는 것이 큰 찬사였다. 따라서 화가는 '그린 것 같지 않은' 그림을 그리려고 노력했으며, 그것도 그 나름으로 심각한 모순이었을 것이다. 이런 식으로 그림을 그리려는 노력을 극한까지 밀어붙이며 눈에 보이는 것을 넘어서버리는 그림이 나오지 않았을까? 예를 들어 '진짜보다 더 진짜 같은' 또는 '진짜라기에는 너무 훌륭한' 그림도 나오지 않았을까? 이런 역전이 벌어지면서 이번에는 눈에 보이는 것을 두고 '그림 같다'는 말도 하게 되었을지 모른다. 그래서 '저 푸른 초원 위에 그림 같은 집을 짓고' 살고 싶다는 표현도 나오게 되었을 것이다. 물론 이런 그림 같다는 표현은 이발소에 걸린 상투적인 풍경화와 연결되기 십상이겠지만.

지금은 번역을 두고 '번역 같지 않다'고 말하는 것이 칭찬이지만, 나중에는 번역이 아닌 글을 놓고 '번역 같다'고 말해주는 것이 칭찬으로 들릴 때가 올지도 모른다고 말하면 너무 황당할까?(다른 맥락이기는 하지만, 서양 작가가 동양의 이국적인 소재를 이용할 때 마치 번역한 것인 양 꾸몄던 예가 있기는 하다.) 황당하기는 해도 한번 상상해보는 것이 불가능하지는 않을 것 같다. 앞서도 말했듯이, 일반적으로 번역된 글은 그렇지 않은 글과는 달리 독자적인 목소리나 개성을 존중하고 그것을 살리기보다는 매끄럽고 읽는데 걸리는 부분이 없도록 다듬어놓는다. 게다가 창작물의 경우 편집부에서 쉽게 손을 못 대도, 번역물의 경우 손을 댈 여지가 많으니 그만큼 기존의 통념이 영향력을 발휘할 여지도 많아진다. 따라서 번역의 경우에는 매끄럽고 반질반질하여 가독성이 좋은 글, 나아가서는 이발소에 걸린 그림처럼 규격화된 글이 위세를 떨치게 될 수 있다. 반면 창작물의 경우에는 기존 언어의 구속을 뚫고 나가려는 진지한 시도가 이루어질 경우, 가독성만 놓고 보았을 때는 외려 번역물보다 못할 수도 있다. 그럴 경우 번역에서 위세를 떨치는 잘 읽히는 보수적인 언어가 이상적인 언어로 여겨지는 비극적인 사태가 벌어질 수도 있지 않을까? 그래서 의외로 잘 읽히는 창작 소설을 두고 번역물 같은 소설이 나왔다고 말하는 일이 생기지 않을까?

아마 그림이 자기 자리를 찾는 일은 '그림 같지 않다'는 찬사나 '그림 같은 풍경'이라는 표현 둘 가운데 어느 쪽도 아닌 곳에서 시작되었을 것이다. 그런 생각을 한 화가들은 그림과 눈에 보이는 것을 동일시하려는 시도를 허망한 짓이라고 여기고, 그림은 설사 눈에 보이는 것을 그렸다 해도 어디까지나 그림일 뿐 눈에 보이는 것을 대체할 수도 없고 눈에 보이는 것이 그림을 대체할 수도 없다고 생각했을 것이다. 이렇게 그림은 그림일 뿐이라는 생각을 하게 되면서, 외려 단순히 눈에 보이는 것 너머로 파고드는 길도 열렸을 것이다. 이와 비슷하게 번역다운 번역도 '번역 같지 않은 것'과 '번역 같은 것' 둘 다 아닌 곳에 있을 듯하다. 번역은 번역일 뿐 번역이 아닌 것이 될 수는 없다는 말이다. 어떻게 보면 동어반복에 지나지 않지만, 어떤 모순된 상황에서는 "군군신신부부자자"처럼 동어반복 자체가 의미를 가질 수도 있다.

번역의 파생적 성격

물론 번역의 모순 또는 정체성 문제에서는 그 작업이 파생적 또는 종속적이라는 주장 역시 진지하게 고려하지 않을 수 없다. 번역은 '제2의 창작'이라는 외교적인 발언이 있기는 하지만, 그 말을 얼마나 진심으로 믿는지, 믿는다 하더라도 앞부분을 더 믿는지 아니면 뒷부분을 더 믿는지에 따라 생각은 많이 달라질 것이다. 최근의 번역 이론에서는 '창작' 또는 '창조', 이에 기초한 '원본' 같은 개념들의 낭만주의적인 뿌리를 아예 드러내고 해체해서 날려버리기도 한다. 사실 사람이 만들어낸 관념이고 또 한 시대의 산물인 한 이런 것들이 해체의 불도저 앞에서 얼마나 강력하게 버틸 수 있을지 의문이지만, 그렇다 해도 원작이 먼저 존재하고 그 번역이 존재한다는 기본적인 사실 자체—그 둘이 어떤 관계를 이루든—를 무시해버릴 수는 없다. 어떤 의미에서는 세상의 말 가운데 번역이 아닌 것이 없다 하더라도, 기존의 언어가 제대로 따라가지 못하는 인간 삶의 새로운 지평을 드러내고 그 과정에서 언어도 갱신해버리는 중요한 작업 자체는, 그것을 '창조'라고 부르든 아니면 다른 무엇이라고 부르든, 존중해 마땅하다고 본다. 이런 생각이 낡은 것이라고 하더라도 어쩔 수 없는데, 어쨌든 이런 작업의 성과를 다른 언어로 옮기는 번역이라는 작업에 파생적인 면이 있다고 주장한다면 그것은 인정할 수 있을 것 같다.

이런 면에서는 역시 눈에 보이는 것과 그림 사이의 관계나 악보와 연주의 관계와 비교해 생각해볼 만한 점이 있다. 물론 언어를 같은 매체인 언어로 옮기는 번역을 그와 같은 것으로 볼 수 있는가, 또는 하나의 언어와 다른 언어를 같은 매체라고만 치부해버릴 수 있는가 하는 복잡한 문제들이 뒤따를 것이다. 그러나 보이는 것을 그리는 행위나 악보를 연주하는 행위를 어떻게 평가할지는 사람들이 정하는 것이며, 그것을 둘러싼 여러 관념에 대해서는 해체의 칼날이 들어가 마땅하다고 본다. 분명한 것은 그림을 그리는 사람이나 연주하는 사람은 눈에 보이는 것과 악보가 있다 해도 그 행위 자체에서 나름의 정체성을 찾을 수밖에 없다는 것이다. 번역도 마찬가지로 원본과 관계없이 그것을 다른 언어로 다시 쓰는 행위 자체에서 정체성을 찾을 수밖에 없다. 말하자면 같은 글을 여러 사람이 번역한다 해도 똑같은 번역은 나올 수 없다는 소박한 사실, 이상적인 단 하나의 번역은 그야말로 이상에 불과하다는 사실에서 출발할 수밖에 없을 것이다. 번역도 결국 인간이 하는 일이고, 인간이 할 수밖에 없는 일인 것이다.

좋은 번역

번역다운 번역이라는 이야기가 아무리 동어반복이라도 중요하다고 했지만, 늘 그 이야기만 되풀이할 수는 없을 것이다. 몇 번 이야기하다보면, 처음에는 참신해 보이던 말도 내용 없는 추상적 선언으로 전락하기 십상이다. 어떻게 보면 그 내용을 채우는 논의가 번역 논의의 중심을 잡아주지 못했기 때문에 지금까지 논의가 기형적으로 왜곡되어왔다는 느낌도 든다. 간단히 말해 기본적인 수준은 넘어선 번역을 놓고 번역이 차지하는 독자적인 위치나 좋은 번역을 논의하는 것이 아니라, 기본적인 수준에 이르지 못한 번역을 놓고 그것을 질타하는 논의가 중심을 이루었다는 것이다. 말하자면 늘 본선 심사는 하지 않고, 3차 예선 심사만 하다 끝났달까. 외국문학 연구자들도 번역 논의에만 참가하면 어느새 단순히 외국어 교사가 되고 만다. 그 결과 번역 논의의 핵심은 오독과 비문을 걸러내는 일이 되었다. 긍정적 표현으로 바꾸자면 '원문의 올바른 이해'와 '가독성'을 갖출 경우 좋은 번역인 것처럼 이야기가 되는데, 사실 이것은 그 필요조건 정도가 아닐까? 물론 이런 기본적인 것조차 갖추지 않은 번역이 난무하는 상황을 질타하고 싶은 심정은 이해하지만, 늘 논의가 그 수준에서만 맴도는 것은 사실 더 깊은 이야기는 할 수 없다는 반증일지도 모른다. 그러는 사이에 그 빈 부분은 '번역 같지 않은' 번역이 좋은 번역이라는 식의 통념들 차지가 되어, 번역의 정체성까지 위협하는 상황이 되고 만 것이다.

그렇다면 어떤 논의가 이루어져야 할까? 물론 한편에서는 번역 이론에 대한 연구가 이루어져, 번역의 파생적이면서 동시에 독자적인 성격을 드러내주어야 할 것이다. 그러나 실제로 번역 이론으로 논의되는 것들 가운데는 '동의성同意性' 논의가 중심을 이루는 언어학적 모델이 차지하는 부분이 큰 것으로 보인다. 이것이 비교적 단순하여 교습에 편리하기 때문인지도 모른다. 번역에 관한 이론적 논의는 실재와 언어, 언어를 매개로 한 소통 등 여러 분야에 걸쳐 있는데다가, 최신의 이론들까지 접합되어 대단히 광범위하고 복잡하기 때문이다. 그러나 언어학적 모델에 따른 이론은 그 기계적이고 보수적인 측면 때문에 앞서 말했던 번역의 모순을 뒷받침하는 면이 강하며, 따라서 이 방면에서도 활발한 논의가 절실한 실정이다.

그러나 번역에 관한 논의는 어디까지나 번역된 문장을 눈앞에 놓고 하는 것이 중심에 있어야 할 듯하다. 이 방면의 논의에서는, 이미 이야기를 했지만, 옳은 것을 따지는 일에서 좋은 것을 가려내는 일로 무게중심을 옮겨가는 것이 중요해 보인다. '좋은 그림' '좋은 연주' '좋은 소설'을 평가하고 그 기준을 되묻는 것과 비슷한 일을 번역에서도 할 필요가 있다는 것이다. 물론 현란한 번역 이론들에서는 좋은 번역을 찾는 일도 옳은 번역을 따지는 일과 마찬가지로 촌스럽게 여기기도 한다. 그러나 시간이 지나면서 다양한 번역이 있을 뿐이지 좋고 나쁜 번역이 어디 있느냐고 쿨하게 이야기하게 될지언정, 현재로서는 논의의 무게중심을 일단 이 방향으로 옮겨올 필요가 있는 것 같다. 물론 좋은 번역을 찾는다고 해서 미리 주어진 어떤 절대적 기준을 마련하는 것은 아니다. 반대로 읽는 사람들 다수가 선호한다고 해서 그것이 곧 좋은 것이라고 받아들이자는 것도 아니다. 이런 점에서 번역가와 다수의 독자 사이에 서서 번역물을 생산해내는 편집자가 긍정적으로든 부정적으로든 중요한 역할을 할 수밖에 없다. 실제로 생산 현장에서는 좋은 번역의 기준이 구체적인 언어로 표현되지는 않는다 해도, 아니, 오히려 그래서 더 가차없이 그 기준이 적용되고 또 끊임없이 번역에 대한 평가가 이루어지고 있다. 따라서 그 현장이야말로, 번역가와 편집자의 상호작용이 이루어지는 곳이야말로 좋은 번역의 살아 있는 기준들을 건져내는 작업이 이루어지는 중요한 장소가 될 수밖에 없을 것이다.

번역사 산책

    시중에서 구할 수 있는 우리말 책들 가운데 번역사飜譯士가 아닌 번역사飜譯史에 대한 책이 『번역사 산책』(궁리, 2001)* 단 한 권뿐이라는 사실은 뜻밖이면서도 흥미롭다. 요즘처럼 학문 간 교류가 활발하고 정보에 대한 관심이 높은 때에 번역을 키워 드로 문화 중심의 이동과 장악, 민족 언어와 근대적 의식의 형성, 정보의 집적과 전유 방식 등의 문제를 풀어봄직도 한데, 의외로 이 방면의 서가는 썰렁한 것을 보니 필자의 판단 착오를 놓고 여러 가지 씁쓸한 이유들이 떠오르지 않을 수 없다.

• 『번역사 오디세이』(끌레아, 2008)로 개정판이 나왔다.

그러나 『번역사 산책』을 몇 장 넘기다보면 금세 어수선한 마음이 가라앉는데, 특히 앞부분에 서술해놓은 르네상스 시대까지의 번역사에서는 극적인 재미까지 맛볼 수 있다. 저자는 헬레니즘으로 정리된 서구문화가 역사의 격변을 따라 '놀랍게도' 아랍으로 번역되었다가 다시 유럽으로 재번역되고, 그것이 다시 라틴어에서 각 나라말로 번역되는 흐름을 일목요연하게 보여주는데, 이 과정을 음미하다보면 번역이 과연 저자의 표현대로 "보편적 행위"인 동시에 역자의 표현대로 "보편의 바다를 향해" 나아가는 행위라는 것을 실감할 수 있다. 여기에 약간의 상상을 보태 이 번역사가 곧 계몽주의 이후 서구 곳곳에서 전복을 시도해온 '진리' 또는 '진리의 권위'를 수립하고 계승해온 과정이라고 보게 되면, 번역이 역시 반역 못지 않게 '정치적'인 행위일 수 있다는 생각도 해보게 된다.

이렇게 번역이 문화의 뇌관이 될 수도 있다는 생각은 이 책에서 저자가 세심하게 다루고 있는 여러 번역 논쟁에서도 확인된다. 사실 번역은 두 가지 언어를 다루는 일이기 때문에 둘 사이의 긴장은 피할 수 없으며, 이로 인해 논쟁이 되풀이되어왔다는 것은 이미 귀에 익은 이야기다. 그러나 이 문제는, 언뜻 단편적이고 추상적으로 보이기는 하지만, 사실 문화의 핵심인 언어와 관련된 문제이기 때문에 언제든 당대의 대립하는 문화적 태도들과 연결되어 싸움다운 싸움으로 번질 가능성이 있다. 17세기 말 프랑스에서 고전으로부터의 문화적 이유기離乳期를 배경으로 벌어진 안 다시에와 라 모트의 논쟁이 그런 대표적인 예다. 저자가 공들여 상술한 이 사례를 읽어나가면서, 현재 번역을 바라보는 여러 입장의 근저에 놓인 문화적 태도를 추측해보는 것도 이런 역사서를 읽는 즐거움의 하나일 것이다.

이 책이 또 흥미로운 것은 일본인 번역가가 쓴 서양(주로 프랑스) 번역사를 한국인 번역가가 번역했다는 점 때문이다. 우선 저자가 번역가이기 때문에 번역사를 따라가다 만나는 번역가 개개인에게 눈길이 오래 머무는 일은 피할 수 없었던 것 같은데, 그런 면에서 책의 제목을 '번역사 산책'이라고 붙인 것은 그럴듯하다. 이 산책로는 완전군장한 학자가 다니는 길과는 아무래도 다를 수밖에 없는데, 저자가 목에 힘주지 않고 택한 이 길 덕분에 오히려 일본 에세이스트클럽상을 받은 필력을 발휘할 여지가 커진 면도 있는 것 같다. 우리말 번역가의 빼어난 솜씨 덕분이겠지만, 실제로 그녀의 목소리는 귀가 솔깃하게 다가온다.

저자는 또 일본인이기 때문에, 그리고 이 책을 쓴 동기 자체가 일본 내에서 빌어진 번역 논쟁이었기 때문에, 계속 일본으로 돌아온다. 예컨대 프랑스에서 플루타르코스의 『영웅전』이 번역된 이야기를 하다가 "물론 일본어로도 번역되어 있다. 처음 번역된 것은 1914~1915년에 나온 다카하시 고로의 번역인데 (……) 초기 번역은 영어를 중역한 것이고, 그리스어 원전 번역이 이루어진 것은 제2차세계대전 이후다" 하는 말을 슬쩍 끼워넣는 식이다. 저자의 머릿속에서 서양 번역사와 일본 번역사 사이의 대화가 계속 이루어지는 것인데, 그녀의 머릿속을 기웃거리며 이 대화를 엿듣는 재미도 쏠쏠하다. 그러나 어느 정도 귀를 기울이다보면 문득 "그런데 한국 번역사에서는 말이지……" 하고 대화에 끼어들고 싶은 마음이 들고, 그 순간 뭔가 비어 있다는 것을 자각하게 된다. 이 비어 있다는 사실 역시 우리가 이 책에서 깨달을 수 있는 소중한 것이고, 또 우리말 번역가가 이 책을 번역하는 행위를 통해 드러내는 것이 아닐까.

번역의 윤리

우리의 교육과 번역에는 공통점이 있다. 시험이 중심에 있다는 것이다. 맞느냐 틀리느냐가 지배적인 범주로 다른 모든 것을 지배한다. 예컨대 좋은 학생이란 곧 시험문제를 잘 맞힌 학생이 된다. 어떤 경우에는 시험 시간에 부정행위를 하지 않는 학생, 예컨대 대리시험 같은 것을 보지 않는 학생으로 의미가 좁혀지기도 한다. 대리시험을 본 학생이 좋은 학생일 리야 없겠지만, 그렇다고 시험 시간의 부정행위 여부가 학생의 윤리 문제의 근본이라고 말할 수도 없을 것이다. 만일 대리 번역이 사라지면, 번역의 부정행위들이 사라지면 번역의 윤리 문제가 해결되는 것일까? 교육이나 번역이나 윤리의 근본 문제가 논의되지 않는 상황에서, 외려 윤리마저 시험에 속박되어 그 내용이 앙상해졌다는 느낌을 지울 수 없다. 『번역의 윤리』 (열린책들, 2006)의 저자 로런스 베누티라면 시험장에서 부정행위가 있었다는 것이 스캔들이 아니라, 시험이 윤리의 문제까지 지배한다는 것이 한국 교육의 스캔들이고, 한국 번역의 스캔들이라고 말할 것 같다.

맞고 틀림의 문제가 좋고 나쁨의 문제를 삼키면서 번역은 분열증의 위기로 내몰린다. "이 책은 번역한 것 같지 않아." 이 말은 대개 번역에 대한 비판이 아니라 칭찬으로 사용하는 말이다. 좋은 번역의 기준을 정립하려는 노력이 사라진 공간에 가독성이나 유창함이 우선이라는 통념이 자리를 잡았기 때문이다. 이렇게 되면 번역이란 최악의 의미에서 자기를 부정해야 하는 작업이니, 이런 상황에서 대리 번역이든 이중 번역이든 불가능은 없어 보인다. 이런 배경에서 보자면, 좋은 번역이란 스스로 번역된 것임을 보여주는 번역이라는 베누티의 주장은 각별한 만큼이나 도발적으로 들린다.

베누티의 주장에서 먼저 눈에 들어오는 것은 좋은 번역을 적극적으로 규정하겠다는 태도다. 그 내용은 둘째 치고 이런 태도만 보아도 반가운 것은 그간 우리의 번역 논의가 대단히 옹색했음을 반증한다. 윤리가 좋고 나쁨을 따지는 것이라 할 때 번역 윤리의 핵심은 좋은 번역이며, 이것이야말로 번역에 관한 모든 논의의 출발점이기도 하다. 상식적인 이야기임에도 이런 말이 새롭게 들리는 것은 그간 의식적이든 무의식적이든 번역에서 가치의 문제를 배제하려는 태도가 지배적이었기 때문이다. 겉으로는 가치의 배제지만 실은 기존의 가치를 온존하려는 음험한 시도일 수도 있다. 윤리의 문제를 배제하는 것이 아니라, 기존 제도의 계속적이고도 순조로운 재생산을 보장해주는 '동일성의 번역 윤리'가 작동한 것일 수도 있다. 번역된 것 같지 않은 매끄럽고 유창한 번역을 선호하는 베스트셀러의 윤리인 셈이다.

베누티가 이에 반발하여 내세우는 번역의 윤리는 '차이의 윤리'다. 이것은 외국 텍스트의 이질성을 낯선 그대로 드러내자는 생각에 기초를 두고 있다. 번역을 번역된 것으로 드러내는 방식을 선호하는 셈이다. 이런 번역은 우리말을 흔들고, 나아가 우리 문화를 변화시키는 데 적극적인 역할을 할 수 있다. 번역이 외국 텍스트를 우리 식으로 재현하고 또 그것을 소비하는 주체를 구축하면서 문화적 정체성을 형성하는 기능을 하기 때문이다. 따라서 번역가는 자신의 역할을 자각하고 무엇을 어떻게 번역해야 할지 윤리적으로 선택을 해야 한다. 수동적 투명성에서 벗어나 적극적인 윤리적 선택으로 나아가야 하는 것이다.

혹시 공부도 못하는 학생이 공연히 세상과 각을 세워보려고 허세를 부리는 것은 아닌가, 그런 의심이 들지도 모르겠다. 설사 그렇다 하더라도 그 자체로 값진 면이 있다는 점은 이미 말했지만, 『번역의 윤리』는 사실 그런 주장을 구체화할 번역 전략까지 담고 있다. 베누티는 우선 언어가 소수적 변수들과 이들을 지배하는 다수적 형태가 공존하는 장이라고 본다. 여기서 소수를 움직여 다수의 한계를 드러내고 그 변화를 가져오겠다는 것이 그의 전략인데, 실제로 자신의 번역을 예로 들어 그 전략을 구체적으로 설명한다. 나아가서 세계화에서 저작권 문제에 이르기까지 번역 윤리와 관련된 사례들이 드러내는 생생한 현장성이야말로 이 책이 단순한 선언문이 아님을 증명한다. 또 베누티가 번역가로서 현장에서 굴러본 사람 특유의 유연함으로 논리적 난관들을 넘어가는 모습도 이 책에서 빠뜨릴 수 없는 재미다.

물론 '장소의 윤리'에 따라, 베누티가 속한 영어권과는 어떤 면에서는 대척점에 있는 우리의 눈으로 그의 주장을 살피고, 우리 나름으로 자기부정과 분열에서 벗어나 번역의 윤리적 정체성을 형성하는 일은 역시 우리의 몫이다. 그런 면에서도 이 까다로운 책이 번역되고 출간되었다는 것 자체가 번역의 윤리에 큰 보탬이 될 것 같다. 게다가 자상한 번역으로 베누티의 자못 현란한 용어와 논리 속에서 길을 잃지 않도록 안내를 해준 것도 고마운 일이다.

번역 강의의 안과 밖*

강의의 밖

번역 관련 산업 전체를 볼 때, 나는 말하자면 작은 동네병원 개업의라고 할 수 있다. 가끔 동네병원에 가보면, 의사가 대학에 강의를 하러 나가기 때문에 특정 요일 오후에는 진료를 안 한다는 안내를 볼 수 있는데, 내 경우가 바로 그러하다고 말할 수 있다. 우리 동네병원 의사가 어떤 연유에서 대학에 강의를 하러 가는지는 내가 전혀 알 수 없는 일이니 뭐라고 말할 수 없지만, 나 자신에 관해서는 어느 정도 분명하게 말할 수 있다. 번역 일을 할 사람을 키워낸다는 것을 구체적 목표 가운데

---

* 오래전에 쓴 글이라 나의 처지를 비롯해 지금과는 다른 점들이 나오지만, 전체적인 취지는 여전히 유효하다고 보아 그대로 놓아두었다.

하나로 설정하고 개설한 번역대학원에서, 실제로 번역 실무를 하고 있는 사람이 강의를 하면 도움이 될 것이라는 대학의 판단과 나 자신의 개인적 허영심이 맞아떨어진 것이다.

별로 아름답지 못한 조합으로 보일 수도 있지만, 어쨌든 이 점이 분명할 경우에 얻는 장점은 강의를 둘러싼 몇 가지 요소들이 함께 분명해진다는 것이다. 나는 학생들을 졸업 후에 번역 일을 할 사람들로 간주하고, 학생들은 나를 번역 일에 경험을 가진 사람으로 간주하며, 나는 학생들이 졸업 후에 번역으로 생계를 유지할 능력을 갖출 수 있도록 함께 노력하고, 학생들과 나는 그 과정에서 내 경험이 도움이 될 것이라고 가정한다, 등등. 실용적이라면 실용적이라고 할 수도 있는 규정이다. 이런 식으로 분명해지는 것이야말로 현재 교육 전반의 문제이며 어떤 면에서는 이런 것들이 불분명할수록 오히려 더 교육다운 교육이 이루어질 것이라는 이야기도 나올 수 있지만, 물론 이것은 어디까지나 나의 강의와 관련된 이야기일 뿐이다. 전체적으로 '무엇을 번역할 것인가?'보다는 '주어진 것을 어떻게 잘 번역할 것인가?'에 커리큘럼이 맞추어져 있고, 번역의 사회적 의미를 비롯하여 번역을 둘러싼 담론이나 이론의 공부보다는 아무래도 번역 실습에 중점을 둔다고 볼 수는 있겠지만, 현재는 박사과정도 개설되어 있고, 또 여러 개론 강좌들두 강의 담당자들의 재량에 따라 번역의 담론들을 토론하는 장으로 얼마든지 활용할 수도 있다는 점에서 그렇게 닫힌 체계라고 볼 수는 없다.

　사실 나도 허영심을 긍정적으로 전환시켜보려는 더 큰 허영심에서, '경험의 전수'가 아니라 번역 이론 비슷한 것을 다루려는 시도를 해본 적이 있다. 한번은 초기에 입문적 성격의 강의에서 번역 강좌의 교과서 비슷하게 나온 책들(주로 언어학에서 파생된 번역 이론에 기초한 책들)을 보고 그 내용을 정리해서 전달을 해준 적이 있다. 학생들은 뭔가 정리된 것 또는 어떤 규칙 같은 것들을 전달받는다는 느낌에 반응이 크게 나쁘지는 않았던 것 같다. 나 또한 업계 용어들을 약간 익히게 된 소득도 있었다. 그러나 시간이 지나면서 그런 식으로 정리된 것들이 과연 번역을 하는 데 얼마나 도움이 될까 하는 실용적인 사고가 계속 뒷덜미를 잡았다. 정리된 것들을 익히기만 하면 번역을 잘 할 수 있다는 환상을 심어주어, 오히려 진짜로 좋은 번역으로 나아갈 수 있는 생각들을 막아버릴 위험도 있는 것 같았다. 그런 면에서 아무래도 내가 한 것은 어설픈 '강의를 위한 강의'

가 아니었을까 하는 생각을 지울 수가 없었다.

또 한번은 일부 시간을 할애하여 번역 이론과 관련된 짧은 글들을 읽고 토론해본 적이 있다. 번역에 관한 다양한 이야기들을 소개해보고자 하는 의도였다. 이 방식은 잘만 하면 학생들이나 내가 품고 있는 근본적인 의문들을 자극하는 성과를 거둘 수도 있겠다는 생각이 들었지만, 내 능력이 부족해서 학생들을 토론에 적극적으로 참여하도록 이끌기가 어려웠다. 학생들은 어떤 경우에는 고개를 끄덕이기도 했지만, 어떤 경우에는 이런 황당한 이야기가 있나, 하는 반응을 보이기도 했고, 어떤 경우에는 무슨 말인지 알겠지만 이게 내가 번역하는 데 무슨 도움이 되나, 하는 반응을 보이기도 했다. 어느 쪽이든 활발한 토론으로 이어지지는 못했다. 이론적이고 추상적으로 보이는 이야기와 우리가 실제로 하는 번역 사이의 연결 고리들을 제대로 형성해주지 못한 나에게 큰 책임이 있었던 셈이다. 게다가 나 자신도 가끔 학생들의 반응에 은근히 동조하는 면이 있었으니, 강의가 성공하기는 쉽지 않은 일이었다.

고전에 속하는 어떤 텍스트의 번역본을 몇 가지 놓고 비교해본 적도 있다. 이것은 번역을 비평하는 기준들을 찾아내는 데 중요한 과정으로, 이야기가 잘만 진행되면 우리가 번역을 하는 데 도움이 될 만한 점들을 끄집어낼 수 있다는 생각이 들었기 때문이다. 물론 학생들은 즐거워했다. 늘 평가를 받는 입장에만 있다가 평가를 하는 입장에 서게 해주었으니, 나로서는 뭘 특별히 가르친 것은 없어도 의미 있는 분출의 기회만큼은 제공했던 셈이다. 그러나 잘 알다시피, 학생들이 지나치게 즐거워하는 것이 곧 나의 즐거움이 되는 것은 아니다. 나는 현장에서 바닥을 기는 사람 특유의 못된 습성대로 "너라면 어떻게 할 건데?" 하고 묻고 싶은 마음이 간절했으나, 그렇지 않아도 어려운 텍스트라 힘겨워하는데 차마 대안까지 요구할 수가 없어 즐거움에 찬물을 끼얹을 기회를 놓치고 말았다. 사실 비교할 텍스트가 두세 가지 있을 경우에는 거기에 제3, 제4의 번역을 추가하는 것이 부담스럽기도 했다. 그러나 내가 이런 강의에서 아쉬웠던 것이 단순히 대안 제시를 요구하지 못했다는 점이었을까? 어쩌면 어떤 핵심에는 다가가지 못하고 겉만 훑고 지나간다는 느낌을 받았던 것인지도 모른다. 아무래도 짧은 예를 들어 비교하는 식으로 이야기가 진행되기 십상인데, 이래서는 가장 저급한 수준에서 오역이나 비문을 찾는 논의를 벗어나기가 힘들었다. 어쨌든 이런 식의 강의 또한 번역 이론 강의와는 또다른 면에서 우리가 실제로 하는 번역과 연결하는 것이 의외로 쉽지 않았다.

    물론 이런 방식들 자체에 문제가 있다는 것은 아니고, 또 나 자신이 그것을 무조건 폐기하거나 포기했다는 뜻도 아니다. 아무나 아무 조건에서나 그냥 들이댄다고 먹히는 것은 아니 더라는 이야기일 뿐이다. 어쨌든 나는 나 자신의 능력에 환멸을 맛보면서 처음의 분명했던 규정으로, 즉 일종의 소박한 실용주의적 태도로 돌아오곤 했다. 어깨에서 힘 빼고 내가 가진 것으로 학생들이 번역을 잘하게 할 수 있는 방법을 찾아보자는 것이었다. 그러나 막상 실행에 옮기려고 하면, 이번에는 이것이 또 처음 볼 때만큼 분명해 보이지가 않았다. 나의 경험이 강의에 도움이 될 것이라는 암묵적 가정만 있었지, 그것을 전달하는 방법은 누구도 일러주지 않았으며, 앞서 말했듯이 보고 배운 경험도 없었으니 흉내를 낼 수 있는 선례도 없었다. 목표 자체도 마찬가지. '좋은 번역'이 무엇이고, '번역을 잘한다'는 것은 무엇일까? 이런 질문에 대한 답이 나와야 목표도 더 구체화될 것 같지만, 사실 '좋은 번역'이 무엇이냐는 질문은 '좋은 글'이 무엇이냐는 질문과 마찬가지로 막연하기 짝이 없는 것이다. 그리고 몇 번의 경험을 통해서 배운 것은, 그

렇게 추상적이고 큰 문제에서 출발하는 것이 어쨌든 동네병
원 개업의에게 요구되는 방식은 아니라는 점이었다. 그래서
추상적이고 어려운 문제들은 아주 작고 구체적인 문제와 연
결되지 않으면 따로 다루지는 않기로 했다. 그리고 경험을 전
달하는 문제는 약간 수정해서 서로의 경험을 동시에 공유하
는 방식으로 해보기로 했다. 결국 학생들과 함께 번역을 하고
토론해보는 가장 원시적인 방식을 택하게 된 것이다. 번역을
하는 것 자체는 그래도 내가 좀 해본 일이기 때문에 어떻게든
되겠지 하는 마음이었던 것 같다.

강의의 안

현재 나에게는 주로 '문학 번역'이라는 제목이 붙은 강의가
맡겨지는데, 한 학기 강의에서 보통 둘 또는 세 종류의 텍스트
를 다룬다. 강의명은 '문학'이지만, 텍스트를 문학작품에 한정
하지는 않는다. 나 나름으로 커리큘럼 속에서 '문학 번역' 강
좌에는 두 가지 측면이 있다고 보기 때문이다. 한 가지는 물론
'문학 번역'이라는 이름에 어울리게 문학작품을 번역하는 것
이다. 그러나 또 한 가지는 어떤 기본적인 번역 강좌, 전문화
되어 들어가기 전에 일반적이고 기초가 되는 문제들을 다룰

수 있는 강좌의 측면이 있다고 본다. 실제로 '문학 번역' 강의에 꼭 '문학'에 관심을 가진 학생들만 참여하는 것은 아니라는 사실을 고려한 면도 있다. 또 인문학적 텍스트를 이 강좌에서 어느 정도 감당해주어야 한다는 면도 생각을 한 것이다. 어쨌든 이것은 외부에서 규정한 것이 아니라, 내 재량으로 판단하고 학생들에게 강요하는 것이다.

따라서 강의에서는 주로 소설과 인문학 텍스트를 다룬다. 예를 들어 1학기에는 도널드 서순의 『유럽문화사』(뿌리와이파리, 2012)와 필립 로스의 『미국의 목가』(문학동네, 2014)를 다루고, 2학기에는 피터 게이의 『프로이트』(교양인, 2011)와 에드거 앨런 포의 단편 하나를 번역해보는 식이다. 인문학 텍스트와 소설을 하나씩 고른 셈이다. 텍스트를 선정하는 방법은 대단히 편의적인 것으로, 대부분 내가 번역을 의뢰받은 것을 함께 번역한다. 말하자면 동네 개업의가 자신의 병원에 온 환자의 사례를 들고 대학에 강의를 하러 가는 셈이다. 내 입장에서는 이렇게 하는 것이 앞서 말한 '학생들과 함께 번역한다'는 조건을 충족시키는 가장 편리한 방법이라는 것이 주된 이유이나, 여기에는 또 한 가지 이유가 있으며 그것은 나중에 이야기하겠다.

두세 가지의 텍스트를 다룬다고 하지만, 실제로 다루는 분량은 한 번 강의에 오륙 쪽 정도, 한 학기에 칠십 쪽을 넘어가기 어렵다. 따라서 책 한 권당 대체로 이삼십 쪽을 하는 셈이다. 다루는 양을 늘린다는 것은 곧 번역해올 과제가 늘어난다는 뜻이기 때문에 학생들이 일치단결하여 저항을 하고 나도 그들의 바쁜 생활을 이해하기에 더 요구하지 못하기 때문이기도 하지만, 실제로 한 번에 수업에서 다룰 수 있는 양이 많지 않아 그 정도로 정착된 면도 있다. 좋게 보면 그만큼 섬세하게 논의가 이루어진다는 뜻이 될 것이다. 그러나 만만한 텍스트가 없다보니 원문의 의미를 파악하는 데 시간이 많이 들기 때문이기도 하다.

원문 이해가 수월한 텍스트를 놓고 많은 분량을 다루면서 큰 그림을 보며 이야기를 나누고 싶은 생각은 있는데, 실제로는 자주 시도해보지를 못했다. 사실 개인적 경험에 비추어볼 때, 어떤 텍스트의 번역 초고를 잡은 뒤 다시 읽어보고 수정을 하는 데는 꽤 많은 시간이 든다. 일단 전체를 번역한 뒤에야 눈에 들어오는 것들이 생긴다는 의미일 터인데, 학생들이 수업 시간에 그런 경험을 할 기회를 가지지 못하는 것은 늘 아쉬운 대목이다. 결국 많은 부분들—적어도 한 권을 다 했을 경우에는 아퀴가 지어질 수 있는 부분들—이 의미가 제대로 규정되지 못하고 열린 채로 이야기가 중단되곤 한다. 학생들은 일필휘지로 번역을 하는 사람은 일필휘지로 창작을 하는 사람보다 훨씬 드물 수밖에 없다는 사실을 체험할 기회를 놓치는 셈이다. 이런 면에서 길지 않은 단편을 완결짓는 방식으로 강의를 진행하면 이야기가 더 깊어질 수 있겠다는 생각을 하게 된다.

강의는 나를 포함하여 강의에 참여하는 사람 모두가 정해진 텍스트를 번역한 뒤 함께 토론을 하는 식으로 진행된다. 모든 사람의 번역을 동시에 보면 좋겠지만 그것은 현실적으로 불가능하므로, 돌아가면서 한 사람씩 자신의 번역을 미리 공개하고 다른 사람들은 강의에 참가하기 전에 그 번역을 자신이 한 번역과 비교해본 뒤에 강의에 참석한다. 강의 시간에는 먼저 번역을 공개한 사람이 번역하는 과정에서 느낀 것들을 중심으로 이야기를 한 뒤, 일단 그 이야기를 함께 생각해보고 나서 자유롭게 그 번역에 관해 하고 싶은 이야기들을 한다.

나도 늘 함께 번역을 해 가지만, 내가 번역한 것을 공개하는 일은 없다. 일종의 정답 구실을 할 것을 우려해서이기도 하다. 번역에 정답이 없다는 사실을 모르는 학생이야 없겠지만,

아무래도 교사와 학생으로 이루어진 구조에서는 정답이 아닌 것이 정답으로 둔갑하는 일이 생길 수도 있기 때문이다. 학생들이 뒤에 답이 붙어 있지 않은 문제지를 푸는 상황에 들어가는 것에는 긍정적인 면이 있다. 우리가 문제를 풀고 채점을 하는 관계가 아니라는 사실, 번역에서 최종적인 '답'은 결국 자신이 내놓아야 한다는 사실을 깨달을 수도 있기 때문이다. 그래서 가끔 '당신은 이 대목을 어떻게 번역했느냐?'는 학생들의 질문에도 확답 없이 넘어가기도 하는데, 물론 나의 이런 태도에 학생들이 불만을 가지는 경우도 있다. 그러나 어차피 함께 번역하는 텍스트가 내가 의뢰받아 번역하고 있는 텍스트이므로, 수업 시간에 고민하는 문제에 관해 딱 부러진 이야기는 못하거나 안 하더라도 어쨌든 나 나름의 '답'을 내놓기는 할 것이라는 기본적인 신뢰는 형성되어 있는 셈이다. 실제로 나중에 재미삼아 책을 뒤져보는 학생들도 없지 않다. 이것이 내가 의뢰받은 텍스트를 함께 번역하는 또 한 가지 이유다.

물론 함께 번역을 하는 것이 강의의 배경에 놓인 이런 신뢰만 목표로 삼는 것은 아니다. 내 입장에서는 이것이 학생들이 고민하는 궤적을 확인할 수 있는 가장 손쉬운, 아니 어떤 면에서는 유일한 방법이기도 하다. 실제로 나는 둔해서인지 내 손으로 번역을 해봐야만 학생들이 번역을 하면서 어떤 난관에 부딪혔고, 다양한 수준의 난관을 어떤 방식으로 돌파해나갔는지, 또는 피해 갔는지 온전히 파악할 수 있기 때문이다. 또 그래야만 학생이 무의식적으로 거쳐간 경로를 의식 속에 드러내주는 것이 가능할 수도 있다. 나 자신도 물론 이 과정에서 큰 도움을 얻는다는 것을 알기 때문에, 강의에 참여하는 학생들 모두가 동일한 텍스트를 스스로 번역하고, 발표할 학생의 번역과 비교해보고 오라고 요구하는 것이다.

이런 식으로 남의 번역과 비교하는 과정에서 얻을 수 있는 이점이 있다면 무엇보다도 자신이 번역해나가는 방식을 스스로 의식할 수 있다는 점이다. 혼자 볼 때는 좀 불분명해도, 함께 이야기를 하는 과정에서는 더 또렷해지기도 한다. 이것이 함께 번역하고 토론을 하는 과정의 일차적인 목표라고 할 수 있다. 번역을 잘하는 방법이 무엇인지는 모르겠지만, 어쨌든 자신이 현재 어떻게 하고 있는지를 스스로 의식하지 않고는 더 나아갈 방법이 없다고 보기 때문이다. 그리고 그렇게 자신이 의식한 내용들을 최대한 언어로 표현해 함께 이야기하고 공유하고 또 자기 나름으로 적용해보면서, 적어도 강의에 참

여하는 이 조그만 집단에서는 설득력을 가지는 번역을 해보
자는 것이 강의의 또하나의 복표인 셈이다.

　막연하다면 막연한 목표인 셈인데, 목표가 아닌 것 한 가지
는 이것보다 훨씬 분명하게 말할 수 있다. 학생들의 번역을 어
떤 특정한 번역 방식에 맞추어 섣불리 개조하는 것을 목표로
삼지는 않는다는 것이다. 다시 말해서 이렇게 번역해라, 하고
내거는 기치가 없다는 뜻이다. 이유는 간단하다. 그렇게 한다
고 되는 일이 아니라고 보기 때문이다. 나 자신, 오래전 교양
영어 시간에 송욱 선생님이 말씀하신 대로, 직역이니 의역이
니 하는 것은 없고 좋은 번역이냐 아니냐만 있을 뿐이라는 말
을 여전히 중요하게 여기는 사람이지만, 그럼에도 직역적 경
향이나 의역적 경향은 번역을 분별할 때 중요한 도구가 된다
고 본다. 또 나 스스로 내 번역은 극단적 직역과 극단적 의역
이라는 가상적인 두 항 사이에 놓인 스펙트럼 속에서 대강 어
디쯤 자리잡고 있는지 짐작한다. 그리고 물론 내가 생각하는
이상적인 번역 방식 같은 것도 있는 듯하다. 그러나 강의에서
내 방식, 또는 내가 이상적이라고 생각하는 방식을 내세우는
것은 별 의미가 없다고 보는 쪽이다. 흔히 직역과 의역을 번역

가가 선택할 수 있는 문제처럼 생각하지만, 내가 보기에 그것은 선택의 문제가 아니라 그 번역가 안에 이미 주어져 있는 것이다. 따라서 쉽게 이쪽이나 저쪽으로 바뀌는 것이 아니다.

　사람마다 자기가 하는 일을 생각할 때는 자기 학대적인 면과 과대망상적인 면이 공존하는 듯하다. 번역에서야 물론 자기 학대적인 면이 당연히 클 터인데, 사실 굳이 스스로 학대하지 않아도 남들이 알아서 학대를 해준다. 반대로 과대망상적인 면은 찾기 힘든데, 내 경우에 그런 면을 찾아보자면 바로 번역을 하는 방식을 스스로 선택하는 것이 아니라는 이런 생각이 될 것 같다. 자신이 이런저런 방식으로 번역을 한다고 하는 것은 그런 선택을 했다는 뜻이 아니라, 이미 안에 주어진 것을 그렇게 정당화하는 것일 뿐이라는 이야기다. 번역은 기본적으로 타자를 상대하는 행위, 그것도 상당히 깊은 수준에서 상대하는 행위이며, 그렇기 때문에 번역에는 번역가가 한 인간으로서 타자와 관계를 맺는 방식이 반영되기 마련이다. 이것이 번역 자체에서는 번역을 하는 방식, 예를 들어 직역적 경향이나 의역적 경향으로 나타나는 것이다. 따라서 번역을 하는 방식에 변화가 오려면 상당히 깊은 수준에서 한 개인의 변화가 전제되어야 한다. 이 정도면 과대망상이라는 말값을 하는 것일까?

과대망상이든 아니든 실제로 여러 학생들이 무의식적으로 어떤 방식으로 번역하는 것을 보면서 그런 생각을 굳히게 되었다. 어떤 면에서는 자기 속에 있는 이야기를 쓰는 글보다도 관계 속에 있는 자신을 보여주는 번역이 그 사람에 관해 더 많은 것을 알려준다는 생각이 들기도 한다. 이런 뿌리깊은 번역 방식을 짧은 시간에 억지로 고쳐본다고 해도 좋은 결과가 나오는 경우는 드물다. 야구선수가 타격 자세나 투구 자세를 갑자기 바꾼다고 해서 반드시 효과를 볼 수 없는 것과 비슷하다. 그래서 학생들에게는 막연한 이야기지만, 자신이 번역하는 방식을 의식하려고 노력하면서, 일단 자기 방식대로 설득력 있는, 다시 말해서 함께 번역하는 사람들을 설득할 수 있는 번역을 해볼 것을 요구한다. 물론 이런 막연함을 답답하게 여기는 경우도 적잖이 눈에 띈다.

학생들은 또 내가 어떤 테크닉이나 팁 같은 것을 제시하지 못하는 것에 답답함을 느끼기도 한다. 나 나름대로 필요하다고 여길 때는 어디에서 주위들은 것이나 경험상 괜찮아 보였던 팁을 제시하기도 하지만, 잘 정리된 테크닉들을 전수받아 번역 능력을 향상시킬 목적으로 강의에 참가한 학생들에게는 턱없이 부족할 것이다. 사실 나는 테크닉으로 번역 능력이 크게 향상된다고 믿지 않기 때문에, 강의 초반에 이런 불만이 해소되지 않으면 사실 학생들로서는 학기 내내 답답하기 짝이 없는 노릇일 것이다. 나로서는 그런 팁이나 테크닉이나 규칙이 나오게 된 유래나 맥락을 내 나름으로 짐작해서 이야기해주고, 결론을 암기하지 말고 그 의도들을 이해하는 것이 오히려 더 도움이 될 것이며, 우리가 함께 해보는 이야기들이 바로 그런 의도들을 되새겨보는 과정일 수도 있다고 이야기하면서 어떻게든 그 차이를 해소해보려고 노력한다.

물론 나도 강의 초반에 학생들에게 답답해하는 것이 있다. 앞으로 번역을 업으로 삼아보겠다고 하는 사람들이 모였음에도, 어쩌면 바로 그런 사람들이기 때문에, 번역에 관한 통념의 지배를 많이 받고 있다는 사실이다. 예컨대 '직역투' '번역투' '자연스러운 우리말' '독자가 읽기 쉽게' 등등이 내가 생각하는 통념들이다. 학생들이 자신의 번역을 옹호하거나 남의 번역을 비평하면서 통념들에 기대는 것을 볼 때마다 나는 번역가의 자유와 재량을 그런 식으로 스스로 통념에 헌납하고 족쇄를 차는 태도가 영 마음에 들지 않아, '왜 번역이면서 번역이 아닌 척해야 하느냐'는 식으로 되묻는다. 그러면 학생들은 놀란다. 놀라는 학생들을 보며 나도 놀란다. 그 통념이 얼마나 뿌리깊은 것인지 그들의 표정에서 알 수 있기 때문이다. 사실 이런 통념들은 강의에서 중요한 토론거리이기도 하다. 토론이 잘 이루어지기만 하면 그런 통념들이 번역가의 경향을 위장하는 방식이 드러날 수도 있고, 번역의 난관을 회피하고 편하게 가기 위해 번역가가 통념을 적극적으로 이용하는 방식도 드러날 수 있기 때문이다. 그러나 그런 논의를 거쳐 스스로 번역의 난관을 정면 돌파하는 방식으로 예컨대 '직역투는 피해야 한다'는 결론에 다시 이른다면 그때는 물론 존중한다.

강의 초반에 이렇게 서로 답답해하는 점들이 일거에 해소되지는 않지만, 그런 점들을 포함하여 번역과 관련된 모든 요소를 논의의 대상으로 삼기 때문에 적어도 무엇을 답답해하는지는 확인이 된다. 실제로 그런 테크닉이나 통념들을 포함하여, 원문의 이해 문제는 물론, 번역문의 조사 하나, 또 가끔은 상당히 추상적이고 큰 문제까지 제한 없이 논의한다. 물론 어디까지나 텍스트의 번역을 놓고 발생한 사건에서 출발한다. 그리고 원문의 기본적인 이해라거나 번역문의 비문의 문제

같은 옳고 그름에 속하는 문제들은 어느 정도 해결을 하고 넘어가지만, 그 외의 수많은 문제들은 합의에 이르는 경우도 있고 나를 포함한 참가자들 사이에 서로 입장 차이만 확인하는 경우도 많다.

텍스트가 어려우면, 또 공교롭게도 모인 사람들의 생각이나 상상력이 부족한 경우라면 논의는 아무래도 원문의 이해 문제가 큰 비중을 차지하기 마련이다. 이런 현상이야 강의실 안이나 강의실 바깥의 번역을 둘러싼 담론들에서도 마찬가지일 것이다. 그러나 원문의 이해라 하더라도 한 문장에서 어떤 점을 오해한 것을 따지는 수준을 넘어서서 큰 흐름 속에서 단어의 의미가 규정받는 방식이라든가, 글의 흐름에 따라 강약과 박자가 생기는 방식 같은 것이 이야기된다면, 나아가 그것을 번역에 반영하는 방식까지 이야기된다면 참가자들 모두 상당히 흡족한 표정을 짓는다. 또 가끔 우리가 하는 번역 속에서 단지 이해와 오해의 문제가 아니라 작품을 해석하는 방식에 따라 번역이 달라지는 사례를 발견하고 논의하면 그날은 왠지 진짜로 문학 번역 수업을 한 것 같은 느낌이 들기도 한다.

나를 포함한 강의 참가자들 사이의 서로 다른 생각이 평행

선을 그리기도 하고, 이런저런 이야기가 풀려나오기만 할 뿐 나의 능력 부족 때문에 아퀴를 짓지 못하고 넘어가는 경우가 허다하지만, 그럼에도 좋은 번역은 발표자가 어떤 경향을 지니고 있건, 어떤 방식으로 번역을 했건, 번역 자체의 힘으로 다른 사람들을 설득한다. 또 자신의 번역에서 설득력이 떨어지는 부분에 대해서는 발표를 한 사람도 어느 정도 인정을 하는 듯하다(혼자 생각인지는 몰라도, 그래서 발표한 번역문을 기준으로 주는 성적에도 큰 불만을 제기하지 않는 것 같다). 물론 강의실에 모인 소수의 사람들에게 설득력이 있다고 해서 좋은 번역이고 그렇지 않다고 해서 좋지 않은 번역이라고 말할 수는 없을 것이다. 중요한 점은 무엇이 자신에게 좋은 번역인가 하는 문제가 무엇이 객관적으로 좋은 번역인가 하는 문제로 바뀌어서 제기될 수 있는 계기들이 마련된다는 것이고, 강의실에 모인 사람들이 그것을 위한 작은 객관성을 형성해준다는 것이다. 물론 나는 크게는 강의실이 좋은 번역의 기준들이 언어화되고 체화되는 공간이 되기를 바라지만, 작게는 강의를 둘러싼 나의 자기 비하의 계기들이 조금이라도 줄어들기를 바랄 뿐이다.

읽기로서의 번역

1.

원래 나에게 주어진 주제는 '번역가의 글쓰기와 창의성'이
었다. 하지만 제목을 '읽기로서의 번역'이라고 달았으니 뭔가
엇나가려는 분위기가 느껴지는 듯하다. 이 이야기는 잠시 후
하기로 하고, 먼저 창의성부터 시작해보자. 창조나 창의성이
번역과 그렇게 친화력이 있는 주제였던가? 물론 여러 군데서
논의는 되었지만, 창의성이 번역의 '중심' 주제였던 경우는 많
지 않은 듯하다. 번역과 창의성의 관계와 관련하여 머릿속에
가장 먼저 떠오르는 말은 '번역은 제2의 창작'이라는, 출처를
알기 힘든 명제다. 사실 이것이 올바른 규정인지, 아니면 번역

을 추어주거나 비하하려는 숨은 의도가 있는 발언인지 분명치는 않지만, 어쨌든 번역의 중심 논의는 그런 통속적 발언과는 어느 정도 거리를 두어온 것으로 알고 있다.

그런데 왜 지금 번역에서 창의성이 문제가 될까? 물론 그것은 이 심포지엄의 주제에서도 드러나듯이 기계번역의 압박 때문이다. 간단히 말해, 인간번역에는 있고 기계번역에는 없는 것을 창의성에서 찾고자 하는 시도가 이루어지고 있는 것이다. 물론 이것은 인간번역이 존망의 위기에 놓였다는 항간의 설에 맞서 생존의 길을 보여주려는 절박한 시도일 수도 있고, 번역이 인간적인 작업임을 드러냄으로써 인간의 동네에서 번역의 가치를 공고히 하려는 고상한 시도일 수도 있지만, 어느 쪽이든 세상에서 자신의 지위를 확보하려는 '정치적' 시도임은 분명하다.

이는 이전에 주로 이루어졌던 또다른 정치적 시도, 즉 번역이 원작과의 관계에서 자신의 독립적 지위를 확보하려던 시도를 떠올리게 한다. 이때는 원작, 즉 창작품이 '창의성'의 원조나 다름없기 때문에 그 부분은 가능한 한 논제로 삼으려 하지 않거나, 아니면 '창조'나 '독창성' 같은 개념을 해체하는 작업에서 길을 찾으려 했는데, 한때 이렇게 멀리했던 것을 다시 끌어안는 입장이 되었다고 생각하니 아이러니를 느끼지 않을 수 없다. 조금 희화화해서 말하자면, 기계번역의 공세에 밀려 뒷걸음질을 치다 창의성을 내세우고 보니, 이전에 거리를 두려고 떠나온 본격적 창조물이 등뒤에 버티고 있어 퇴로가 막힌 상황이다. 가히 진퇴양난의 곤경인데, 과연 창의성이 여기에서 빠져나갈 길을 열어줄 것인가? 사실, 이런 곤경을 만나게 된 데에는 창의성도 하나의 원인이 되었던 것이다.

어쨌거나 한쪽에는 원작이라는 창조물, 다른 한쪽에는 기계번역을 두고 그 사이에 끼어서 옴짝달싹하기 힘든 상황에 처한 이상, 빠져나갈 길을 찾는 것은 둘째 치고 번역이 지금 어느 자리에 있는지 알기 위해서라도 창의성의 문제를 다시 살펴보지 않을 수 없을 것이다. 그렇게 생각하는 순간, 창의성이란 무엇인가, 과연 번역에 창의성이 존재하는가, 존재한다면 이 창의성은 원작의 창의성과 같은 것인가, 번역에서 창의성이 핵심적 가치인가, 창의성이 인간번역과 기계번역을 가르는 기준선인가 등의 문제가 꼬리를 물고 떠오른다.

2.

번역이 과연 창조적인 일이냐 하는 의문 자체는 기계번역이전부터 존재해왔다. 조금 전에도 언급했던 '번역은 제2의 창작'이라는 귀에 익은 말은 번역도 가장 창조적인 작업으로 꼽히는 문학적 창조물의 그늘을 좀 누리게 해주자는 말로서, 번역도 창조물의 반열에 끼고 싶어한다는 감추어진, 어쩌면 실제로는 존재하지 않을 수도 있는 욕망을 눈앞에 불러냈다. 물론 지금은 이런저런 이유로 번역이 그 자리를 버리고 나온 듯하지만, 여전히 돌아갈 기회는 있을지 모른다. 사실 앞서 말한 진퇴양난의 곤경에서 번역이 살아남는 하나의 길이 과거의 자리로 돌아가는 것이다. 기계와의 싸움은 창조의 본령인 원작에게 맡겨두고, 원작의 가호 아래 '제2의 창작'의 자리를 지키면서, 원작이 기계에 승리를 거두면 덩달아 살아남는 길이다. 설사 의도는 그렇지 않다 해도, 번역의 창의성을 서툴게 강조할 경우 결과적으로 그 자리로 돌아가게 될 수도 있다.

물론 다른 길도 있을 수 있다. 창조물이 되고자 하는 욕망을 부정하고, 왜 번역이 창조적이어야 하는가, 하고 되물을 수도 있다. 번역의 가치가 창조성에 있는가? 창조성이 과연 인간번역과 기계번역을 가르는 가치가 될 수 있는가? 사실 번역은 일차적으로 같음, 즉 동일성을 추구하는 작업이다. 다른 언어로 같은 내용을 재현하는 작업이지 않은가. 따라서 어떻게 보면 번역의 이상은 창조가 아니라 복제라고 말할 수 있을지도 모른다. 그리고 그런 의미에서 가장 기계적인 작업이라고 할 수도 있다. 사실 번역을 기계화하려는 시도가 일찌감치 이루어지고, 또 최근 인공지능이 먼저 손댈 작업 가운데 하나로 번역을 택하게 된 것은 우연이 아니라고 본다. 물론 수요도 고려했겠지만, 번역이 매우 기계 친화적인 작업이라고 여겼을 법하다. 그리고 실제로도 인공지능을 이용한 기계번역은 괄목할 만한 성과를 내고 있다.

이쯤에서 우리는 번역이 창조성과 과연 관계가 있는 것인지, 번역에 창조적 성격이 내재되어 있는지 다시 한번 물어볼 필요가 있다. 나 자신도 번역을 가르치는 입장이지만, 과연 번역을 배우러 오는 학생들 가운데 창조적인 작업을 하겠다는 열정에 불타는 학생이 몇 명이나 되는가? 이 자체가 무슨 이론적 증거가 될 수는 없겠지만, 혹시 기계번역과의 차별성을 강조하기 위해 상식적으로 인정되지 않는 것을 번역에 강요하는 것은 아닌가, 하고 물어볼 수 있는 근거는 될 것이다. 이렇게 이야기하면 기계번역에 투항하는 것처럼 보일지도 모르겠다. 아닌 게 아니라, 과학자를 포함한 많은 사람들이 실제로 이런 각도에서 번역을 바라보고 있는 것이 현실이다.

창조성을 무기로 쥐려 했을 때 어느 길로 가나 어느 한쪽에는 투항하게 되는 사대가 벌어지는 느낌이다. 그야말로 인간 번역의 고유한 자리는 사라지고 마는 진퇴양난의 곤경인 셈이다.

3.

여기에서 우리가 생각할 수 있는 또하나의 방법은 번역을 문학 번역과 비문학 번역으로 나누어서, 비문학 번역은 몰라도 문학 번역은 창조적이라고 말하는 것이다. 몸을 둘로 갈라 한쪽은 기계번역 쪽에 내어주더라도, 한쪽은 창작 쪽으로 옮겨가는 작전이다(물론 번역은 애초에 한몸이 아니었다고 주장할 수도 있다). 많은 사람이 애용하는, 상당히 유력한 방법이기도 하고, 실제로 기계번역의 발전을 낙관하는 사람들도 문학 번역은 당장은 기계번역이 감당하기에 좀 어렵다고 말하기도 한다. 하지만, 창작에 다시 의존하는 퇴행성을 무릅쓰고 문학 번역의 창조적 성격을 강조하려 한다 해도, 우리는 창작물을 번역하는 행위가 곧바로 번역의 창조성을 보장해주는가, 하는 질문에 답을 해야 한다. 우리가 지금 생각하는 것은 번역의 내재적 창조성의 문제이지, 다른 외적 존재의 후광에 힘입은 창조성이 아니기 때문이다.

만일 창조성의 바탕이 무에서 유를 만들어내는 것, 전에 없던 것을 만들어내는 것이라고 한다면, 문학 번역은 흔히 '있는 대로' 번역할 것을 주장한다는 점에서, 즉 '복제'를 이상으로 삼는다는 점에서 매우 비창조적이라고 볼 수 있다. 오히려 비문학 번역은 그런 제약에서 상대적으로 자유로워, 극단적인 경우에는 다시쓰기를 허용하기도 한다. 따라서 실제로 원문에 없던 것을 만들어낸다든가 하는 의미에서는 비문학 번역이 훨씬 창조적이라고 볼 수 있다. 어쩌면 그래서 비문학 번역은 현재의 상황에도 유연하게 대응하여 transcreation이라는 발상을 할 수 있는 것인지도 모른다. 반면 문학 번역은 번역이란 게 원래 transcreation이라고 주장하든가, 아니면 문학 번역에서는 그것을 받아들일 수 없다든가, 둘 중의 하나를 택하기 마련이다.

사실 '제2의 창작'은 문학 번역을 염두에 두고 나온 말이겠지만, 문학 번역을 하는 사람들의 입장에서 이 말이 못마땅했던 것은 문학 번역 특유의 '있는 대로' 번역한다는 이상을 너무 쉽게 포기했다는 점 때문이었다. 내가 경험한 바로는, 그 말은 이른바 '의역'을 권장하거나, 원문의 형식이나 정확한 의미에 얽매이지 않는 어떤 기발한 발상을 요구하고 또 찬양할 때 주로 언급되는 것이었다. 사실 이것이야말로 없던 것을 만들어낸다는 창조란 말의 뜻에 걸맞은 것일 수 있고, 그런 의미에서 '제2의 창작'이라는 말도 그럴듯해 보이기도 한다. 그런데 이 말이 원래의 의도와는 달리 비문학 번역의 성격에 더 잘 어울리는 점이 문제라는 것이다. 원문의 형식까지 복제하고자 하는 강박에 사로잡힌 듯한 문학 번역의 태도는 오히려 창조를 옥죈다고, '제2의 창작'이기를 거부한다고 말할 수 있기 때문이다.

이렇게 흔히 창조적이라고 여겨지는 문학 번역은 비창조적이고, 비문학 번역이 오히려 창조적이 되는 역설이 발생한다. 몇 가지 다듬어지지 않은 생각으로 인해 우리의 상식이나 직관과 어긋나는 판단을 내리게 된 셈인데, 이렇게 된 이상 생각을 다시 정리해볼 필요가 있다.

4.

먼저 우리는 창조라는 말에 암묵적으로 긍정적 가치를 부여한다는 사실을 상기할 필요가 있다. 즉 창조를 단순히 무에서 유를 만들어낸다는 중립적 의미로 사용하지 않는다. 그 '유'가 좋은 것이라고 전제한다. 가령 '지옥의 창조'라는 말은 뭔가 어색하다. 번역에서 원문에 없는 것을 만들어내는 작업은 있는 그대로 번역하자는 태도가 중심을 이루는 문학 번역에서는 부정적 가치를 부여받을—비록 지옥을 만드는 것에는 훨씬 못 미치겠지만—수 있다. 그럼에도 어느 한쪽에서는 이것을 창조적이라고 부름으로써 은연중에 긍정적인 가치를 유도했는데, 그 결과 발생한 가치 충돌 때문에 역설이 발생한 것이다.

'번역은 제2의 창작'이라는 말도 창조라는 말에 담긴 그런 가치를 교묘하게 이용하고 있음을 알 수 있다. 거기에는, 원작은 창조된 것이므로 번역보다 우월하다, 번역에 창조성이 있다 해도 그것은 원작에 비하면 부차적인 것이다, 라는 전제가 깔려 있다. 그러나 방금 말했듯이 없던 것을 만들어내는 것이라고 해서 무조건 긍정적 가치를 부여받는 것은 아니고, 모두가 창조라는 찬사를 받을 수 있는 것은 아니다. 창작과 번역 가운데 어느 것이 우월한가 하는 질문이 과연 성립할 수 있는지는 모르겠으나, 설사 그런 비교를 받아들인다 해도, 일반적으로 창조된 작품이 무조건 번역보다 우월하다고 말할 수는 없다. 가령 삼류의 창작물과 고전적 명작의 충실한 번역을 비교한다고 했을 때, 창작물은 창조된 것이므로 무조건 번역보다는 낮다고 말하기는 어렵다. 오히려 창작과 번역을 창조라는 기준으로 비교하는 것은 여의치 않고, 군이 비교하자면 뭔가 다른 기준이 필요하다는 느낌이 든다. 즉 창작과 번역은 다른 범주의 인간 활동이라는 생각이 드는 것이다. 이것이 창조라는 가치를 앞세우고 그것을 기준으로 번역을 '제2의 창작'이라고 부르는 것이 그렇게 거슬렸던 또하나의 이유다.

사실 창작이 무에서 유를 만들어내는 것이라는 기본적 정의 자체부터가 의심스러운 것이다. '독창성은 사려 깊은 모방'이라는 볼테르의 말도 있듯이 그런 정의는 어떤 의미에서는 아예 존재한 적이 없었는데, 서구 낭만주의 시대에 와서 뒤늦게 만들어진 주장도 있다. 원래 플라톤이나 아리스토텔레스 때부터 '시는 자연의 모방'이라는 이론이 존재했다. 그러나 자연의 모방인 mimesis는 로마 시대로 오면서 이미 imitatio로 바뀐다.

이 mimesis, 즉 자연의 모방이라는 개념은 변형된다. 라틴어의 우아함의 절정을 이루는 로마 문학의 '은의 시대' 동안 퀸틸리아누스, 키케로 등 수사학 이론가들은 mimesis 이야기는 하지 않고 대신 imitatio에 관심— 물론 라틴어로 — 을 기울이는데, 이것은 언뜻 같아 보이지만 실은 그렇지 않다. 이제 문제는 자연의 모방이 아니라 문학적 모범의 모방이다.(폴 프라이, 『문학 이론 *Theory of Literature*』)

예를 들어 베르길리우스는 자연을 모방하여 민족적 서사시를 쓰려고 했는데, 호메로스가 이미 할말을 다 해버려 난감해하다가, 자연은 모방할 수 없지만 호메로스는 모방할 수 있겠다고 생각을 정리했다고 한다.

그렇다고 작가가 창작을 하는 행동과 번역가가 번역을 하는 행동을 동일한 범주의 활동이라고 말하는 것은 아니다. 모방이라는 개념으로 창작과 번역을 한데 묶으려는 것은, 창조라는 개념으로 창작과 번역을 한데 묶으려는 것만큼이나 무리한 일일 것이다. 그럼에도 적어도 작가의 창작을 아무런 재료 없이 무에서 유를 창조한다는 소박한 정의로 규정하는 것은 곤란하다는 점, 또 앞서도 말했듯이 작가의 창작이 창작이라는 이유만으로 긍정적 가치가 부여될 수는 없다는 점에 유의할 필요가 있다. 즉 창작물이라고 해서 바로 수준 높은 예술로 인정받을 수 있는 것은 아니라는 말이다.

거꾸로 무에서 유를 만들어낸 것이 아니라고 해서 무조건

예술이 될 수 없다는 생각도 그대로 받아들일 수는 없다. 가령 남이 쓴 곡을 연주하는 음악은 예술이 아닐까? 눈앞의 풍경을 사실적으로 재현한 그림은 예술이 아닐까? 어떤 인물을 찍은 사진은 예술이 아닐까? 만일 이런 것들이 예술이라면 이들을 예술로 만드는 것은 무엇일까? 이런 작업에 인간의 창의성이 개입되어 있다면, 그 창의성은 무에서 유를 만드는 소박한 의미의 창조와는 무엇이 같고 무엇이 다를까? 이런 질문에 답하는 것은 간단치 않은 일이겠지만, 적어도 번역 또한 무에서 유를 만들어내지 않는다는 이유로 예술의 후보에도 이르지 못하고 자격 미달로 탈락시키는 것은 말이 안 된다는 생각은 해볼 수 있을 듯하다.

5.

비문학 번역이 더 창조적이라는 역설이 생겨난 이유에는 번역의, 적어도 문학 번역의 이상으로 제시한 '복제'가 결코 다다를 수 없는 목표라는 점도 있다. 번역에는 불가피하게 번역가의 해석이 개입되기 때문이다.

창조적 개입 없이 단지 복제나 재현만 하는 번역 또는 다른 어떤 글쓰기는 생각할 수 없다. (……) 어떤 텍스트도 다른 텍스트를 단순히 (……) 중립적으로만 전해줄 수는 없다. 여기에는 늘 해석의 요소가 관련되기 때문이다. (……) 모든 번역, 특히 문학 번역은 번역가의 창조성을 포함한다. 해석 자체가 창조적인 행동이기 때문이다.(진 보즈 바이어, 『문학의 번역』)

이 인용에서는 몇 가지 점이 주목할 만하다. 첫째, 번역에서 완전히 중립적으로 옮기는 것은 불가능하다는 점이다. 둘째, 이것이 발생하는 원인이 번역 자체에서 온다기보다는 해석 행위에서 온다는 점이다. 셋째, 읽기 자체가 해석 행위라는 점이다. 즉 텍스트를 중립적으로 읽는 것은 기본적으로 불가능하다. 읽는 행위 자체가 자신의 맥락을 텍스트에 투사하는 행위이기 때문이다.

여기에서의 핵심은 언어의 해상도가 인식의 해상도보다 훨씬 더 낮음에 있습니다. 인식의 해상도는 우주의 해상도보다 훨씬 낮겠지요. 이렇다 보니 수학적인 문제가 생기게 됩니다. Many to one mapping이란 것이 있습니다. 예를 들어, 생각과 언어를 봤을 때 상당히 다양한 생각들이 동일한 단어로 매핑될 수밖에 없겠죠. 왜냐하면 생각의 수가 언어의 수보다 훨씬 많으니까요. 일대일 매칭이 안 되는 거죠. 따라서 단어만 보고 역으로 '어떤 생각을 했었는가?'라는 재구현 역시 불가능합니다.(김대식, 『인간 vs 기계』)

과학적으로 표현되었지만, 해석의 불가피성을 보여주는 좋은 설명인 듯하다. 나도 다른 자리에서, 인간의 언어는 성기기 때문에 번역의 반은 상상이다, 라는 말을 한 적이 있는데, 인간은 글을 읽을 때 자신의 맥락에서 상상력을 동원해 상대의 맥락을 재구축하며 읽어나가고 이것이 다양한 독해를 만들어낸다. 이 때문에 같은 텍스트의 번역이라도 다양하게 표현된다. 하나의 악보에서 다양한 해석의 연주가 나오는 것과 비슷하다. 음악 연주를 창조적 행위라고 본다면, 이런 읽기를 창조적 행위라고 보는 것 자체는 문제가 없을 것이다.

이렇게 인간번역은 인간의 텍스트 읽기가 핵심을 이룬다는 점에서 창작과도 다르고 기계번역과도 다르다. 우리가 창작과 번역의 창조성을 두고 이야기할 때 서로 뭔가 범주가 어긋나는 듯한 느낌을 받았던 것은 이 점에 기인한다고 본다. 번역에 창조성이 있다고 한다면 기본적으로 읽기에 있는 것이며, 번역은 일차적으로 쓰기보다는 읽기의 문제다. 나는 번역의 쓰기도 창작의 쓰기와는 상당히 다르다고 보는데, 창작의 쓰기는 쓰기가 쓰기를 이끌고 나가는 면이 강하다면, 번역의 쓰기는 기본적으로 읽기의 연장선상에 있는 듯하다. 따라서 창작의 쓰기와 번역의 쓰기를 동일 범주라고 여기고 비교하면 말이 잘 되지 않는 것이 당연하다. 이런 범주의 혼란 또한 위에서 말한, 비문학 번역이 더 창조적이 되는 역설이 생겨나는 또한 가지 이유다.

6.

우리의 언어가 해상도는 낮지만, 인간은 이 언어를 이용해 어떤 영역에서는 최대한 해석의 여지를 줄이는 방식으로 언어를 사용하려고 노력하면서, 공존이 가능한 수준의 소통을 유지해왔다(이런 언어 사용 방식이 기계번역의 기반을 이룬다). 그러나 동시에 이 낮은 해상도의 한계를 드러내는 사건들과 자주 부딪치기도 하고, 거꾸로 그 낮은 해상도를 이용한 놀이도 개발해왔다. 문학은 당연히 그런 놀이의 성격을 강하게 띠는데, 이 때문에 문학 텍스트를 읽는 것은 일반적인 읽기보다 더 창조성을 요구하는 일이 될 수도 있다. 진 보즈 바이어는 바로 이 점을 기초로 앞에서 말한 역설—비문학 번역이 더 창조적인 것처럼 보이는 역설—을 헤결히려 한다. 보즈 바이어는 애트리지의 말을 빌려 "창조성이란 단지 문학적 글쓰기의 한 양상일 뿐 아니라 문학적 텍스트의 특징인 문학적 읽기의 한 양상이기도 하다"(『문학의 번역』)면서, 문학 번역이 창조적인 것은 원문의 창조적 읽기가 필요하고 또 번역 결과물도 독자에게 창조적 읽기를 허용하기 때문이라고 말한다. 즉 '있는 그대로 번역한다'는, 언뜻 보기에 대단히 비창조적인 문학 번역의 노력은 창조적 읽기를 통해 창조적 읽기가 가능한 결과물을 내기 위한 것이라는, 역시 역설적인 답변을 제시하는 것이다. 보즈 바이어는 이외에도 제약—있는 그대로 번역해야 한다는 번역상의 제약과 더불어 압운 등 문학 자체에 내재한 제약—이 오히려 창조성을 높인다든가, 저자의 목소리에 역자의 목소리가 섞임으로써 번역은 독자에게 원문 독자보다 더 창조적인 읽기를 요구한다는 이야기를 하지만, 그에게 문학 번역의 창조성의 핵심은 어디까지나 텍스트의 창조적 읽기에 있다.

창조적 읽기라는 개념은 또 텍스트를 열려 있는 상태로 본다는 점에서도 중요하다. 즉 텍스트 안에 의미가 주어져 있고 읽기는 그 의미를 발견하는 과정이라고 생각하는 것이 아니라, 읽는 사람이 의미를 창조한다고 보는 것이다. 그리고 그 바탕에는 저자의 정신과 독자의 정신의 변증법적 상호작용이 있다(『문학의 번역』). 이런 창조적 읽기는 정확하게 읽기와 모순되는 것이 아니다. 언어의 낮은 해상도를 잘 보여주는 예인 묘사를 생각해보자. 작가가 어떤 인물의 얼굴이 둥글다고 했을 때, 이것을 네모라고 오해하는 것은 초보적인 부정확한 읽기다. 하지만 이 둥근 얼굴이 동그스름한 얼굴인지 둥글넓적한 얼굴인지는 알 수 없다. 아니, 그것도 알 수 있을지 모른다. 그 문장 자체에서는 알 수 없지만, 텍스트 내에 다른 정보들이 있다면, 그 인물을 그려내는 맥락에서 우리는 동그스름한지 둥글넓적한지 판단할 수 있을지도 모른다. 따라서 여기까지도 정확하게 읽기의 영역으로 편입될 수 있다. 가령 여기에서 동그스름한 쪽으로 간다고 해보자. 그러나 동그스름한 얼굴이라는 말도 해상도가 낮은 표현이다. 동그스름한 얼굴도 엄청나게 다양하기 때문이다. 제아무리 묘사를 잘한다 해도 말로는 사진으로 보여주는 것처럼 보여줄 수 없을 것이다. 따라서 언어는 성긴 것이고, 그 빈 부분은 읽는 사람이 상상력으로 채워넣어야 한다.

사실 이 자체가 특별한 발상은 아니고, 실제로 문학 텍스트에서 우리가 일상적으로 경험하는 바이지만, 번역으로 들어오면 이 사실을 자주 잊곤 한다. 즉 이미 모든 게 주어져 있다는 사고, 원문 텍스트는 완결되고 고정된 실체라고 가정하는 사고, 그 안에 고정되어 있는 의미를 건져서 다른 언어의 외피를 씌우겠다는 사고가 들어서게 되는데, 이것이야말로 번역을 둘러싼 모든 기계적 발상, 또 기계번역의 토대가 되는 발상이다. 반대로 텍스트가 열려 있을 뿐 아니라 그 기초에는 언어의 불완전성이 자리잡고 있으며, 번역 언어가 그 불완전성을 그 나름으로 보완하면서 원래의 언어와 더불어 새로운 언어로 나아간다는 벤야민 같은 발상이 있고, 그런 발상에서 새로운 시야를 얻을 수 있다는 이야기를 나는 다른 자리에서도 한 적이 있다. 그런 때에만 원문과 번역문, 원어와 번역어라는 이항적 사고에서 벗어나 제3항을 상상하는 열린 사고가 가능하기 때문이다.

읽기에 가까운 쓰기인 번역의 결과물은 창조적일까? 적어도 두 가지 면에서는 그럴 가능성이 있다고 본다. 첫째는 굳이 저자의 국적을 따지지 않고, 창작과 번역을 구분하지 않는다면, 번역된 작가가 한국의 독자들이 읽는 문학에 전에 없던 새로운 목소리를 보탠다는 의미에서 그렇다. 이것이 성립하려면 물론 새로운 목소리로 번역되어야 한다는 것이 전제되어야 한다. 둘째는, 첫째와 관련되는 것이지만, 한국어의 영역을 확대한다는 점에서 그렇다. 즉 외국어 번역의 충격으로 등장한 제3의 언어, 회색의 언어가 기존 한국어의 변경에 자리를 잡으면서 한국어의 영역을 확대해나가려 할 때다. 가령 자유간접화법의 일반적 적용―내가 요즘 고민하고 있는 문제인데―같은 게 그런 예일 수도 있겠다.

이것을 창조라고 하지 않고 창조적일 수 있는 가능성이라고 말한 것은 여기에서도 가치 충돌이 예상되기 때문이다. 즉 번역 결과가 한국어에 없던 것을 만들어낸다 하더라도, 그것은 창조적인 것이 아니라 생경한 것으로 취급될 수도 있기 때문이다. 그럼에도, 이런 충돌의 위험을 무릅쓰면서 번역으로 자국어의 영역을 확대하는 작업, 다른 언어와 우리 언어의 혼종에 의해 제3의 언어, 순수하고 절대적인 언어를 지향하는 작업은 언어의 유토피아를 향해 나아가는 인간의 길이라고 할 수 있지 않을까. 반면, 적어도 현재의 기계번역에서는 이런 창조적 결과물이 가능해 보이지 않기 때문에, 폐쇄적인 디스토피아가 그려질 수도 있다.

7.

기계번역에는 물론 읽기가 없다. 아니, 읽기가 사라졌다는 것이 정확한 표현일 것이다. RMT(Rule Based Machine Translation) 시절에만 해도 마치 외국어를 처음 배우는 사람처럼 구문 분석을 하는 등 인간의 읽기와 비슷한 요소가 어느 정도 있었으나, SMT(Statistical Machine Translation)를 거쳐 NMT(Neural Machine Translation)로 오면서 읽기, 적어도 인간적인 읽기의 요소는 사라져버렸다. 인간번역의 기본은 읽기인데, 어떻게 읽기 없이 번역이 가능할까? 어쩌면 이것은 지극히 인간다운, 또는 인간 수준의 질문일지도 모른다. 인공지능은 바둑을 이해하지 못하면서 바둑을 두는 것처럼 텍스트를 이해하지 못하면서 번역을 하고, 바둑에서 승리를 거두는 것처럼 번역에서도 큰 성과를 거두기 때문이다. 바로 이 점이 우리에게 놀라움을 안겨준다. 사실 이것은 기표만 존재하는 번역, 기의가 완전히 배제된 번역이기 때문이다. 말하자면 기의, 그리고 그 기의들로 구성된 맥락이 뒤에 도사린 입체의 번역이 아니라 종잇장 같은 기표만 존재하는 평면의 번역이라고 할 수 있는데, 현실 세계와 독립하여 존재하는 인공지능에서만 가능한 번역 방식이라고 할 수도 있겠다.

주목할 점은 이렇게 기의를 버리면서, 즉 읽기를 그만두면서 번역의 결과는 월등히 나아졌다는 것이다. 앞으로 인공지능 번역이 어떻게 발전하느냐를 두고 여러 가지 이야기들이 나오지만, 한 가지 분명한 것은 이로써 인간번역의 길과 기계번역의 길이 분명히 갈라졌다는 점이다. 기계에게는 인간처럼 읽는다는 것, 즉 해석을 통하여 창의적으로 개입하는 것은 매우 어렵고 오히려 읽지 않는 쪽이 효율이 좋다는 것이 증명된 셈이고, 따라서 기계는 텍스트를 읽는 길로는 가지 않을 것이다. 앞으로 그 나름의 우회로를 거쳐 인간번역과 같은 수준, 혹은 더 나은 수준에 이를지는 모르겠으나, 어쨌든 그 우회로는 인간의 길과는 다를 것이다. 그리고 그 길을 버림으로써 상당한 이익을 보았지만, 동시에 당장은 상당한 손해도 보게 될 것 또한 분명하다. 물론 이익이란 창조적 읽기가 깊이 개입될 필요가 없는 부분에서는 기표 빅데이터만 가지고도 엄청난 번역 능력을 보여주게 되었다는 것이고, 손해는 창조적 읽기를 매개로 한 번역은 거의 포기하는 상황이 되었다는 것이다. 그것은 구체적으로 어떤 손해일까?

창조적 읽기란 읽는 사람의 개별적 정신이 개입하는 것으로, 그런 읽기의 결과물은 그 인간의 정신의 결을 보여주고,

어떤 번역도 동일할 수 없다는 점에서 다양성도 보여준다. 그야말로 인간적 다양성인 셈이다.

네이버의 번역기는 병렬 코퍼스(한국어 문장과 그에 해당하는 번역된 영어 문장이 쌍으로 있는 것. 번역 문제와 정답의 집합)로 학습한다. 입력용으로 한국어 문장을 주고, 출력용으로 영어 문장을 준 다음에 신경망을 학습시키는 것이다.(네이버 파파고 김준석 인터뷰, 조선일보, 2016. 11. 10)

알파고 바둑에서 학습의 핵심은 이렇게 하면 이기고 저렇게 하면 진다를 가르친다는 것이었다고 한다. 이것은 위의 김준석 인터뷰에도 나오는 '번역 문제와 정답'이라는 표현과도 통한다. 이렇게 하면 맞고 저렇게 하면 틀린다를 가르치는 것으로 볼 수 있기 때문이다. 물론 번역도 옳은 번역과 틀린 번역으로 다룰 수 있는 수준이 있다는 이야기는 앞에서도 했지만, 객관적으로 옳다 그르다로 끝나지 않고 열려 있는 측면이 분명히 있으며, 여기에 인간이 더욱 창조적으로 개입한다. 그러나 기계번역에서는 '정답'이라는 획일적 개념이 지배한다.

구글 번역을 책임지는 마이크 슈스터는 "방대한 데이터를 수집하더라도 번역의 질이 좋은지 나쁜지를 판단해 실제 번역 결과로 제시할 문장과 그렇지 않은 문장을 골라내는 알고리즘을 만드는 것은 어려운 작업"이라며 "알고리즘을 정교화하기 위해 엔지니어는 물론 언어 전문가 등이 나서서 이를 실행하고 있다"고 말했다.(조선일보, 2017. 9. 26)

물론 이것은 실제 기계번역 작업의 어려움을 아는 사람의 겸허한 태도를 보여주는 말이다. 결국 기표 데이터만으로 기계번역이 이루어질 수는 없으므로 기의를 끌어들일 수밖에 없고, 거기에는 결국 인간이 필요하다는 것을 보여준다는 점에서 현재 기계번역의 중요한 한계를 솔직하게 드러내기 때문이다. 번역의 질이 좋고 나쁘고를 판단하는 것 또한 옳고 그름을 따지는 것과는 다르게 창의적 개입이 필요하기도 하다는 점에서 더욱 그러하다. 그러나 이렇게 선택된 번역이 다양한 답 가운데 하나가 아니라 엄청난 영향력을 가진 구글 번역의 '정답'이 된다는 점은 달라지지 않는다.

8.

이런 획일화가 편리해 보일지는 몰라도, 인간 언어의 창조적인 면과는 모순을 일으킬 것이 당연한데, 이는 단지 번역이 아니라 더 큰 범위에서 바라볼 필요가 있다.

촘스키에 따르면, 언어적 창조성은 언어의 '무한한 생산성', 즉 유한한 언어 자원이 창조적 정신 과정을 수행하는 인간의 능력에 의해 무한해진다는 사실의 자연스러운 결과라고 할 수 있다.(『문학의 번역』)

그러나 현재의 기계번역은 통계라는 특성상 기본적으로 기존의 자원을 활용하여 그 자원의 한계 내에서 이루어진다는 사실 때문에 언어의 창조적 사용과는 거리가 멀다. 이것은 언어의 새로운 영역을 찾아나가려는 인간번역의 노력과 대비되며, 심하면 '언어 부패'를 낳을 수도 있다.

하지만 지식인들에게 닥친 문제는, 각 사회에 고착화된 표현이 지배하는 언어 공동체가 이미 존재한다는 것이다. 이 공동체의 주요한 기능은 현상을 유지하고 어떠한 변화와 저항도 없이 모든 일이 순조롭게 진행되도록 하는 것이다. 조지 오웰은 에세이 '정치와 영어'에서 이 문제를 설득력 있게 이야기하고 있다. 상투적 문구, 진부한 은유, 게으른 글쓰기는 '언어 부패'의 사례들이라고 오웰은 주장한다. 그 결과 인간의 사고는 경직되고 둔화되며, 부패한 언어는 슈퍼마켓의 배경 음악 효과처럼 인간의 의식을 장악하고 확인되지 않은 사상과 의견을 수동적으로 받아들이도록 유혹한다.(에드워드 사이드,『지식인의 표상』)

사이드의 이런 이야기는 물론 기계번역을 염두에 두고 쓴 이야기는 아니지만, 그래서 오히려 더 불길하게 느껴진다. 기계의 개입 없이도 인간 내부에서 '언어 부패'가 가능한 상황에서, 기존의 언어 자원 데이터의 테두리 내에서 움직이면서 기존에 이루어진 것 가운데 가장 익숙한 것을 찾는 기계번역은 그런 부패를 더욱 조장할 염려가 있다는 뜻이다. 한 걸음 더 나아가, 기계번역이 번창하게 되면, 번역될 가능성을 조금이라도 염두에 두고 있는 경우에는 처음부터 기계번역이 용이하도록 글을 쓰게 되는, 누가 생각해도 끔찍한 상황이 올지도 모른다.

인간의 정신활동은 상황에 따라 유동적이기 때문에 인공지능의 편리와 효율의 영향을 받을 때 어떻게 움직일지 예측하기 어렵다. 기령, 인간이 기계번역을 활용하면서도 어떤 영역에서는 창조적 가능성을 계속 유지해나갈지, 기계번역의 한계에 자족하여 획일적이고 평면적 소통에서 오히려 편안함을 느끼게 될지 두고볼 일이다. 이런 상황에서 인간번역의 창의성을 확인하는 것, 기계번역이 읽기를 포기했기 때문에 인간의 창조적 읽기가 지배하는 영역은 사라지지 않을 것임을 확인하는 것도 분명히 의의가 있는 일일 것이다.

그러나 이렇게 가변적인 상황에서, 인간번역이 사라지지는 않는다는 사실에서 위로를 받는 것으로 끝난다면, 오히려 인간의 창의적 작업을 희귀한 표본으로 여기고자 하는 쪽에 힘을 보태줄 수도 있다. 번역의 언어는 독백의 언어가 아니다. 애초에 읽기에서, 대화에서 생겨난 언어이기 때문이다. 따라서 번역은 언어의 사회적 성격, 구체적으로 언어적 창의성의 사회적 성격도 매우 예민하게 자각하고 있다. 서두에서 인간번역의 창의성을 확인하는 작업이 정치적인 시도라고 했는데, 그런 시도는 창의성의 확인에서 끝나는 것이 아니라 당연히 그런 창의성을 현실에서 발현하는 작업으로 이어져야 한다. 그런 작업은, 인간번역이 창의성에 바탕을 두고 있는 한, 당연히 인간 공동체를 좀 더 인간화하는 노력과 연결될 수밖에 없다.

번역가의 글쓰기

이제부터 할 이야기는 그저 현장에서 번역을 하는 한 사람으로서 나 자신을 들여다보는 이야기 정도로 들어주면 좋겠다.

이렇게 말하는 것은 겸손한 척하려는 게 아니라, 어떤 번역 방식을 하나의 당위로 제시하는 것이 큰 의미가 있겠느냐 하는 생각, 나아가서 그런 당위를 제시한다고 뭐가 크게 달라지겠느냐 하는 생각이 있기 때문이다. 좀 비관적으로 들릴지 모르지만, 그런 것은 아니다. 내가 하고 싶은 이야기는 그것이 선택의 문제가 아닐 수도 있다는 것이다. 우리는 이런저런 번역 방식을 제시하면서 그 가운데 어떤 것을 선택할 수 있다고 생각하곤 한다. 하지만 과연 그런지는 잘 모르겠다. 내가 보기에는 오히려, 어떤 번역가가 이런저런 번역 방식을 의식적으로 선택한다기보다는, 그런 선택이 이미 번역가 안에 주어져 있는 것 같다. 극단적으로 말하면, 어떤 사람이 어떤 방식으로 번역을 할 것이냐 하는 것은 그가 선택을 하기 전에 이미 정해져 있는 것이고, 그 사람의 이야기는 이미 자기 안에 주어진 것을 정당화하는 말일 뿐이라는 것이다. 왜 이렇게 말하느냐 하면, 번역하는 방식을 결정하는 것은 번역의 수준에서 이루어지지 않는다고 보기 때문이다. 더 깊은 수준에서 이루어진다는 것이다. 번역은 기본적으로 타자와 매우 긴밀하게 관계를 맺는 행위이며, 그렇기 때문에 번역에는 번역가가 한 인간으로서 타자와 관계를 맺는 일반적 방식이 반영된다.

'나'의 글쓰기

마음의 부담을 덜어보려고 장황하게 전제를 깔았지만, 부담이 덜어지는 느낌은 잠시일 뿐, 실제로 번역과 글쓰기를 어떻게 연결시킬 것이냐 하는 문제를 앞에 놓고 생각할 때 머릿속에 떠오르는 것이 없다. 그도 그럴 것이, "내가 번역을 하면서 그것을 글쓰기라고 생각했는가?" 하고 자문한다면, "그렇다"라고 대답하기가 쉽지 않기 때문이다. 아주 오래전 일이지만,

어떤 번역가가 사석에서 자신은 번역을 글쓰기의 한 방식으로 생각한다는 취지의 말을 한 적이 있다. 나는 그분의 확고한 태도에 감명을 받고 또 그 태도를 존중하기는 했지만, 나 또한 그렇다고 말할 수는 없었다. 직관적으로 나와는 다른 것 같다는 느낌이 들었기 때문이다. 그럼에도 그 말은 지금까지 쭉 내 머릿속의 한자리를 차지하고 있다. 아마 나도 그분과 같은 생각이었다면 오히려 금세 잊어버렸을 것이다. 달랐기 때문에, 나 자신의 번역 방식을 늘 의식하게 하는 일종의 거울 역할을 하지 않았나 하는 생각이 든다. 물론 단지 다르다는 이유만으로 그 말이 이렇게 오래 남아 있지는 않을 것이다. 그 말에는 쉽게 잊어버릴 수 없는 매혹이 있었던 것이 틀림없다. 따라서 나와 다르기는 하지만 나도 그런 쪽을 지향해야 하는 것은 아닐까, 그런 의미에서 어떤 선망 같은 것을 가지고 있는 것은 아닐까 하고 늘 자문해온 것이라고 말할 수도 있다.

물론 나는 지금 글쓰기라는 말의 의미를 한정해서 이야기하고 있다. 번역도 어차피 글로 쓰는 것이니까 넓은 의미에서 일종의 글쓰기라고 한다면 누가 아니라고 하겠는가. 하지만 그렇게 말하면, 아주 많은 이야기를 하는 것 같으면서도 사실은 아무 이야기도 하지 않는 셈이 될 수도 있을 것이다. 나한테 그 말을 하신 분은 아마 번역이 '나'의 글쓰기의 한 방식이라는 의미였을 것이다. 물론 이제 와서 그분이 어떤 의도로 말했느냐 하는 것은 별로 중요하지 않을 것이다. 지금 내가 말하는 것은 내 머릿속에 자리잡고 있는 하나의 명제니까. 어쨌든 나는 그분이 번역을 자기 자신을 표현하는 글쓰기의 일환으로 생각한다고 받아들였고, 그래서 그것을 '나'의 글쓰기라고 표현한 것이다. 앞서 말했듯 나는 번역이 '나'의 글쓰기라는 쪽으로는 생각이 가지 않는데 아주 단순하게 생각해보면, 내 경우에는 별것 아니지만 '나'의 글을 쓸 때, 예컨대 지금 이 글을 쓸 때, 심지어 역자 후기를 쓸 때도 번역을 할 때와는 태도가 완전히 달라지기 때문이다. 내게는 그 두 가지가 통일되기 어려운, 분리된 영역이다. 그래서 비유적으로 말한다면, 나라는 피아니스트는 다른 사람이 작곡한 작품의 악보를 간신히 피아노 소리로 바꾸어내는 수준에 머물러 있는데, 어떤 피아니스트는 똑같이 다른 사람이 작곡한 작품을 연주하면서도 자신의 연주는 작곡의 한 방식이라고 말하는 것, 또는 그렇게까지는 아니더라도 악보는 재료에 지나지 않는다고 말하는 듯한 느낌이었다. 다른 식으로 표현하자면, '나'의 글쓰기란 작가적인 태도를 드러내는 말인데, 내가 보기에 번역가는 굳이 말하자면 작가보다는 배우에 가까운 존재가 아닌가 하는 생각이 들었던 것이다.

가독성에 대한 요구

사실 번역은 '나'의 글쓰기다, 라는 명제는 그것이 제시하는 통일성만으로도 번역가들에게 큰 매혹으로 다가올 수 있다. 번역을 하는 사람들은 그 작업의 특성상 분열적 상태에 놓이기 십상이기 때문이다. 번역을 하면서 번역 같지 않게 하려고 노력을 해야 하니까. 이것은 실로 번역가의 정체성에 분열을 일으킬 만한 모순이라는 생각이 들기도 한다. 이때 번역이 '나'의 글쓰기의 한 방식이라고 생각하면, 그런 모순에 빠져 허우적대지 않을 가능성이 보인다. 번역은 '나'의 우리말 글쓰기이므로, 번역 같지 않은 번역을 하려고 노력하는 것이 아니라 처음부터 우리말로 이루어진 나의 글을 쓰는 것일 뿐이라고 생각할 수 있기 때문이다. 물론 모순을 해결한다기보다는 처음부터 모순이 있다는 사실을 인정하지 않는 쪽에 가깝지만, 번역을 '나'의 글쓰기 안에 통합함으로써 모순이 발생할 소지를 남기지 않으니 매혹적이지 않을 수가 없다.

그러나 매혹이 강한 만큼 반발도 생기는 것이 인지상정이다. 능력 부족 때문이든 기질 차이 때문이든 그런 해법으로 분열적 상황이 해소되지 않는 사람에게는 더욱 그럴 것이다. 내가 아마 그런 경우였는지 몰라도, 나는 조금 다른 각도에서 생각을 해보게 되었다. 아니, 완전히 반대로 생각하는 것도 가능하지 않겠냐는 의문을 품게 되었다. 즉 번역은 '번역 같은' 것이 정상 아니냐, 따라서 진정으로 '번역 같은' 번역을 하는 데서 의미를 찾을 수도 있는 것 아니냐 하는 생각을 해보게 된 것이다.

이런 생각을 하게 된 데에는 또 번역의 분열적 상황을 아예 무시하게 되면, 번역의 결과물이 지나치게 규격화, 보수화될 수 있다는 우려도 있었던 것 같다. 번역 같지 않은 번역이 찬사를 받아 번역이 아니라는 가상의 느낌을 만드는 데 주력하게 되면, 번역은 '번역 냄새가 나지 않는, 매끄럽게 잘 읽히는 가독성 높은' 글로 규격화되고 표준화되어갈 가능성이 있다. 처음부터 우리말로 쓴 글에는 제1요구조건이 되기 힘든 '가독성'이 번역의 결과물에는 제1요구조건처럼 등장한다는 것 자체가 그런 위험의 신호일 수도 있다.

원문에 '관한' 글

어떤 번역가가 자신은 문단 단위로 번역을 한다고 말한 적이 있다. 한 문단을 쭉 읽고 그다음에 원문을 보지 않고 번역을 한다는 이야기다. 물론 문단을 암기한 다음 안 보고 한다는 뜻은 아니었을 것이다. 단어 대 단어 번역에 얽매이지 않고, 피상적인 것보다 이면에 있는 더 깊은 것을 포착하려 한다는 의미였을 것이다. 어쨌거나 나처럼 단어 하나를 가지고 쩔쩔매는 사람에게는 가히 입신入神의 경지로 느껴질 수밖에 없었다.

이런 번역 방식에서 대단히 매끄럽고 강력한 우리말 결과물이 나올 것이라는 사실은 충분히 짐작할 수 있다. 그러나 이것이 우리말로 잘 읽힐지언정, 완전히 익은 번역이냐, 완결된 번역이냐 하는 점에는 의문을 품을 여지가 있다. 번역을 보는 관점에 따라 다르겠지만, 어떤 사람들은 그것이 해당 원문에 '관한' '나'의 글이지 번역은 아니라고 반박할 수도 있다. 그런 관점에서 보자면, 요약이나 설명이나 풀어쓰기가 번역을 대체할 수는 없는 것일 터이다. 아마 그런 것들은 원문을 이해하고 해석하는 단계에서 이루어지는 연습 행위일 뿐이고, 완성된 번역은 그다음 단계로 밀고 올라가려는 노력의 산물이라고 말할 듯하다. 따라서 보기에는 매끄럽고 이해도 쉬운 번역이 오히려 설익은 번역이 될 수도 있다.

'너'의 글쓰기

지금까지 이야기한 것들이 오래전에 들었던 '나'의 글쓰기와 관련하여 그동안 내 머릿속을 떠돌던 생각들이다. 생각이란 것이 늘 자기 관성에 따라 흘러가기 마련이어서 말하기가 조심스럽기는 하다. 번역을 하는 실감에서 벗어나지 않는 이야기를 하려고 애를 쓰지만, 사실 생각과 실감은 서로 앞서거니 뒤서거니 하는 면도 있으니까. 물론 '나'의 글쓰기와는 반대편에 서 있는 이야기를 들은 적도 있다. 내가 직접 들은 이야기는 아니지만, 어떤 번역가는 번역을 할 때 저자가 자신에게 빙의하는 느낌이 든다는 말을 했다고 한다. 조금 전에 입신의 경지라는 말을 이미 썼기 때문에 여기에 쓸 말을 찾아내기가 힘들지만, 어쨌든 부럽기 짝이 없는 경지인 것은 틀림없다. 이런 번역이라면 번역가가 저자로 변신하여 글을 쓰는 것이므로, 다시 말해서 내가 매체가 되어 너의 글을 대신 써주는 것이므로, '너'의 글쓰기라고 불러도 무리가 없을 듯하다.

'빙의'라는 독특한 표현이 나와서 그렇지, 사실 이런 '너'의 글쓰기라는 입장도 드문 것은 아니다. 예를 들어 저자가 우리말로 쓴다면 어떻게 쓸 것인가를 생각하며 번역하라는 말도 비슷한 이야기가 아닐까? 또 번역가가 투명한 유리가 되어 저자를 있는 그대로 보여주어야 한다는 이야기도 비슷한 흐름에 속할 것이다. 사실 나도, 물론 빙의까지 생각해본 적은 없지만, 오랫동안 이런 것이 번역의 이상이 아닌가 하는 생각을 해왔다. 그리고 이런 지향이 소중하다는 생각에는 지금도 변함이 없다. 그냥 상대적인 관점에서 이야기하자면, 이쪽이 내 번역 기질에는 더 맞는다는 느낌이다. 그리고 앞서도 이야기했듯이, 번역을 하는 사람은 일단 자신에게 주어진 번역 기질에서 출발할 수밖에 없는 것이다.

하지만 예컨대 번역가가 투명한 유리가 되어야 한다는 이야기를 어떤 이상으로 삼을 수는 있겠지만, 현실에서는 그것이 실현 불가능한 이상이 되기 십상이다. 오히려 이 이상이 실현되었다고 느껴지면 걱정을 해야 할지도 모른다. 특별한 경지에 이른 사람이 아니라면, 저자와 자신을 무조건적으로, 직접적으로 동일시하는 환상에 빠진 것인지도 모르니까. 그렇다고 이 이상이 실현 불가능하다는 사실을 늘 자각하는 것도 쉬운 일은 아닐 것이다. 무슨 원죄라도 지닌 것처럼, 자신이 투명한 유리가 아니라 왜곡되고 때가 낀 유리라는 사실을 평생 속죄

하며 사는 일이 생길지도 모르기 때문이다. 이 또한 분열적인 상황인 셈인데, 이것은 그냥 안고 가기가 괴로워서라도 생각을 달리해보아야겠다는 생각이 들었다.

만일 번역하는 인간이 투명한 유리가 된다는 것이 애초에 가능하지 않은 일, 환상에 불과하다면 어떨까? 언어라는 것이 애초에 투명한 유리가 아니라, 혼자 서 있으면서 동시에 뭔가를 희미하게 비추는 흐린 거울 같은 것이라면? 사실 같은 원문이라도 번역하는 사람에 따라 다 다르게 나오는 것은 당연한 일 아닌가? 번역은 사람이 하는 일이기 때문이다. 왜곡과 때처럼 보이는 것은 흠이 아니라 원래 그렇게 생겨먹은 모습, 즉 모양과 색깔이 서로 다른 것일 뿐 엄연히 정상적인 상태라고 생각할 수도 있다는 것이다. 그렇다면 반성하고 속죄할 것이 아니라, 그 다양성을 즐기고 누릴 수도 있지 않겠느냐는 것이다.

관계를 구축하는 글쓰기

이렇게 되니 '나'의 글쓰기와 '너'의 글쓰기를 모두 피하려고 하는 어정쩡한 입장이 되고 말았다. 그러나 내가 이 글에서 계속 되풀이하듯이, 그런 어정쩡한 상태가 번역하는 사람의 정상적인 상태라고 생각해볼 수도 있는 것 아닐까. 다만 그렇게 둘 다 피한다는 식으로 소극적으로 표현하기보다는 '나'와 '너'의 관계를 설정해나가려 한다고 적극적으로 표현해보고 싶은 마음은 있다. 번역이 글쓰기라고 한다면, 그 글쓰기는 그런 관계를 구축해나가는 행위 자체 또는 그 과정을 가리킨다고 말할 수 있지 않겠느냐는 것이다.

　이 또한 '빙의'의 환상을 다른 환상으로 대체하는 것이라고 손가락질을 받을지 모르지만—사실 '빙의'라는 말을 하신 분도 자신의 어떤 실감을 표현하기 위해 그런 말을 빌려왔다고 생각하지만—실제로 번역을 하는 것이 저자와 나 사이에서 어떤 관계를 구축해나가는 과정이라는 느낌을 받을 때가 있다. 하지만 나는 기질적으로, 내 언어로 저자를 굴복시킨다는 생각을 잘 못한다. 사실 그런 능력도 없다. 그렇다고 반대로 저자에게 굴복당할 생각도 전혀 없다. 차라리 안 하면 안 했지, 그런 식의 일방적 통일은 별로 원치 않는다. 무조건적 합일이 아니라 둘 사이에는 흔히 말하듯이, 별과 별 사이처럼 서로 너무 멀어져서 헤어지지도 않고 너무 가까워져서 합쳐지지도 않는 어떤 이상적인 거리, 그런 팽팽한 긴장과 균형이 있을 수 있다고 믿는다. 착각일지도 모르지만, 다른 분들의 좋은 번역에서도 그런 긴장과 균형이 느껴지는 것 같다. 그래서 나도 그 긴장된 거리를 어떻게든 확보해보려고 텍스트를 헤집고 다니는 것이다. 그 결과로 탄생한 번역의 언어는 이상적일 경우, '너'의 글쓰기도 아니고 '나'의 글쓰기도 아닌, 저자의 언어도 아니고 내 언어도 아닌, 또 어떤 면에서는 외국어도 아니고 한국어도 아닌, 그 긴장 관계 속에서 잉태된 제3의 언어가 아닐까 하는 생각이 든다.

번역과 번역학

원래 이 강연 원고의 제목은 '번역가가 번역학자에게 바라는 것'이었다. 제목은 거창해졌지만, 실제 내용은 원래 제목에 가깝게 소박하다. 그저 번역을 하는 입장에서 번역을 연구하는 분들에게 바라는 것이 무엇인지 몇 가지를 간단하게 이야기해보려는 것이다.

그렇다고 해서 평소에 번역학자들을 만나면 이런저런 바람을 이야기해야지, 하고 궁리하고 살았던 것은 아니다. 사실 번역가는 번역학자를 거의 의식하지 않는다. 학교에 있는 나는 그래도 좀 의식할지 몰라도, 다른 번역가 분들은 아마 그쪽으로는 별생각이 없을 것이다. 하물며 번역학자들의 글을 찾아

읽는 번역가는, 조사는 안 해보았지만, 거의 없을 것이다.

그럼 반대로 번역학자들은 번역가들을 의식하는가? 잘 모르겠다. 다만 박사논문 설문조사에 응한 경험은 있기 때문에, 설문조사 대상자 정도로 의식은 되나보다 하고 생각하고 있다. 그리고 좋은 쪽인지 나쁜 쪽인지는 모르지만, 번역한 텍스트가 어쩌다 논문에 인용되는 일은 있을 것이다.

그렇다면 이렇게 서로 모른 체하고 살지 말고, 번역을 하는 사람과 번역을 연구하는 사람이 어떤 관계를 맺어야 한다는 것인가? 그렇다, 나는 그렇다고 본다. 어떤 면에서는 상당히 치열한 관계를 맺어야 한다고도 보는데, 이 글이 바로 그런 내용이 될 것 같다. 다만 나의 처지가 처지니만큼, 번역가 입장에서 번역학자를 향하여 일방적인 요구를 하게 될 것 같다. 그렇다고 해서 현재 이런 것을 안 하고 있으니까 이제부터 하라고 다그치는 것은 아니다. 사실 별로 의식을 안 하니까 뭘 하고 있는지도 잘 모르지만, 아마 이미 다 하고 있는 일일 것이라고 본다. 따라서 이제부터 하는 이야기는 이미 이루어지고 있는 일들 가운데 번역가의 입장에서 중요해 보이는 두 가지를 강조하고 부각시키는 수준의 이야기 정도로 이해해주기 바란다. 곧 번역학자도 번역가에게 어떤 요구를 할 기회가 생기기를 바라는 마음이다.

첫번째 요구는 자못 거창하게, 번역이 인간적 기획임을 확인하는 작업을 번역학자들이 해달라는 것으로 잡아보았다. 말은 거창하지만 사실 그 출발선은 번역가들의 일상이다. 얼마 전까지만 해도 번역이 좀 마음에 안 들면 '발 번역'이라고 비난을 하곤 했는데, 요즘에는 '구글 번역기로 돌렸다'는 말이 자주 들리는 듯하다.* 이 표현을 들을 때마다 한편으로는 뜨끔하면서도, 또 한편으로는 그래도 아직은 인간의 번역이 기계번역보다는 낫다는 것을 인정하는구나 싶어 안심이 되곤 한다. 그러나 방금 내가 '아직은'이라고 했는데, 바로 이 말 속에 언젠가는 기계번역이 인간번역을 대체할 것이라는 공포와 불안이 자리잡고 있는 듯하다. 실제로 장래 직업을 고민하는 어린 학생들의 경우에 번역가라는 직업이 얼마 뒤에 세상에서 사라지면 어떻게 하느냐고 묻기도 한다. 나야 내가 살아 있는 동안에는 그런 일이 없기를 바라는 얄팍한 자기중심주의에 사로잡혀 있지만, 번역학자들을 만난 김에 한번 정식으로

* 이 원고는 최근 구글의 번역 방식이 바뀌기 전에 작성된 것이다.

묻고 싶은 생각이 든다.

결국 기계번역이 인간번역을 대체하게 되는 것인가?

공포와 불안은 전염력이 있다고 하니, 이 자리에서 한번 그것을 확산시켜보고 싶은 마음도 든다. 기계번역이 인간번역을 대체한다면, 번역학의 근거는 인간이 아니라 기계나 인공지능이 되는 것인가? 이것이, 그러니까 인간이 아니라 기계를 연구하는 것이 번역학자들에게 매력적인 미래인가? 이것은 다르게 표현하면 번역학이 과연 인문학이냐 하는 물음과 통한다고 생각한다. 인문학은 아무리 초보적인 수준에서 생각하더라도 인간의 인간다움에 대한 탐구와 관련된 것이기 때문이다.

번역학이 인문학인가?

물론 왜 번역학이 꼭 인문학이어야 하는가, 하고 물어볼 수도 있을 것이다. 실제로 이 질문은 명시적인 형태로는 아니라 하더라도 이미 번역학의 여러 부분에 스며들어 있을 것이다.

그러나 이런 본질적인 질문을 하게 된다는 것 자체가 번역학에게 이미 자리를 잡은 여타 오래된 학문과는 다른 중요한 기회를 줄 수도 있다고 본다. 그리고 이런 질문에 대한 답을 찾아가는 과정에는 번역가들도 큰 관심을 가지리라고 본다. 사실, 번역학자들이야 번역학이 인문학이든 자연과학이든 번역학자로 살아가면 그만이지만, 번역가들에게는 번역이 기계가 할 수 있는 일이라면 존재 근거 자체가 사라져버리는 것이기 때문이다. 설사 짧은 시간 안에 생계 수단이 사라지는 일이 벌어지지는 않는다 해도, 머지않아 기계가 대신할 일을 하고 있다는 생각은 전혀 즐겁지 않을 것이다. 가뜩이나 열악한 조건에서 일하고 있는 번역가들에게 자신이 인간적 기획에 참여하고 있다는 자부심은 활동의 중요한 심리적 근거가 될 수도 있는 것이다.

예전에 어떤 번역가는 기계번역의 역할이 커질수록 번역에서 인간만이 할 수 있는 영역도 덩달아 부각될 것이라는 취지의 이야기를 한 적이 있다. 인간의 동물적인 면이 극성을 부리는 곳에서는 인간적인 면도 동시에 더 진하게 드러나는 것과 마찬가지일 것이다. 번역가로서야 당연히 이쪽이 맞을 것이라고 믿고 싶지만, 번역학자들의 냉정한 학문적 연구를 기다려봐야 할 듯하다.

두번째는 번역가의 과제 설정과 관련된 것이다. 번역가의 과제 설정을 번역학자에게 부탁하는 것은 어찌 보면 참 한심하고 수동적인 발상이다. 물론 모든 것을 남에게 맡겨놓고 번역가는 시키는 일만, 눈앞에 보이는 일만 하겠다는 뜻은 아니었지만, 말해놓고 보니 현재 번역가들의 수동적 상황을 반영한 발상이라는 점은 인정할 수밖에 없다. 그렇다, 사실 번역가들은 현재 대단히 수동적이다. 번역할 텍스트 선정에서부터 발표에 이르기까지 긴 과정이 있다고 할 때, 번역가들은 한 부분만을 담당하여 기능적 역할만 수행하는 경우가 많고, 점점 더 그렇게 되는 경향이 있다. 그러다보니 번역가들 스스로도 그저 번역이나 열심히 하면 그만이라고 생각하기 십상이다.

하지만 이런 번역을 정말 열심히 하기 위해서라도 번역가의 과제를 설정하는 일은 중요해 보인다. 어떤 일을 하더라도 과제와 목적을 가질 때 동기 부여가 더 강해지는 것은 당연한 일 아닌가. 그러나 현재 수동적인 위치에 처한 개별 번역가가 과제를 설정할 때는 많은 경우, 그래, 다른 것은 모르겠고 번역이라도 좀 잘해보자, 하는 결심으로 끝나기 십상이다. 개별적으로 흩어져 바쁘게 먹고살면서 사회문화적인 맥락 속에서 자신의 위치를 잡는 것은 쉽지 않은 일이기 때문이다. 나는 바로 이 대목에서 번역학자들이 번역가에게 해줄 일이 있다고 생각한다.

먼저 우리나라에서 과거에 번역은 어떠했는지 번역학자들

에게 묻고 싶다. 번역이 근대의 성립에 어떤 역할을 했으며, 일본어가 상징하는 일본과 영어가 상징하는 미국과의 관계 속에서 번역은 어떤 역할을 했는가? 이때 의식했든 의식하지 못했든, 번역가의 과제는 무엇이었는가? 그리고 그후 우리 번역의 역사는 어떠했으며, 현재의 상황에서 번역가의 과제는 무엇인가?

이런 질문들에 답을 하는 과정에서 번역가의 사회적, 문화적 위치가 파악되고, 또 그에 따른 과제 설정에 대한 고민도 생기리라고 본다. 물론 당장 몇 년 안에 번역가의 과제가 뚝딱 설정될 것이라고 생각하지는 않고, 또 그렇게 설정되는 것이 바람직하다고 보지도 않는다. 오히려 그런 과제를 설정해야 한다는 의식과 과제 설정을 위한 논의 자체가 더 중요하다는 생각도 있다. 아마 이런 과정을 통해 이 사회에서 번역의 역할을 다시 볼 기회가 자주 생길 것이고, 번역가도 단순한 기능인의 자리를 벗어나려고 노력할 것이며, 덩달아 번역학의 학문적 지위 또한 탄탄해질 것이다.

이런 사회적이고 문화적인 맥락에서의 과제 외에도, 번역가가 의식할 또하나의 과제로 언어적 과제가 있다. 물론 이 과제는 사회문화적 과제와 밀접한 관계가 있을 것이다. 번역가가 외국어를 자국어로 옮기는 과정에서 좋든 싫든, 의식하든 하지 않든 외국어는 자국어에 영향을 주고 자국어를 긴장시키게 된다. 의미가 옷을 갈아입듯이 이전의 언어를 깨끗하게 벗어버리고 새로운 언어를 입는 일 같은 것은 없다. 그렇기 때문에 번역가는 평소에 자국어만을 자동적으로 사용할 때와는 달리, 자국어의 여러 면을 의식하게 된다. 그리고 외국어와 자국어의 충돌 과정에서 발생하는 여러 문제를 여러 가지 방식으로 해결해나가게 된다. 그러는 동안 의식하든 의식하지 않든 언어적 과제를 떠안게 된다.

의식하지 않는 경우에는 대개 자신이 처한 시대의 사회문화적 통념이나 세계관 같은 것들을 무의식적으로 따르고 만다. 이런 면에서도 앞서 말했듯이, 언어적 과제가 사회문화적 과제와 연결되는 것이다. 반대로 번역가가 자신의 자리를 의식하게 되면 언어의 문제를 둘러싸고 자신의 방향을 설정한다는 상당히 어려운 과제와 직면하게 된다. 예를 들어, 순수 절대 자국어라는 관념을 고수하지 않고 언어 자체가 유동적이고 변화가 심하다는 점을 인정한다면, 대개 외국어가 자국어에 상당히 강한 자극을 준다는 것도 인정하게 된다. 번역가는 특히 이 점을 강하게 인식할 수밖에 없어, 자국어를 다루는 방식을 예민하게 의식하면서 자신이 갈 길을 놓고 매번 고민한다. 그러다보면 사국어를 외국어로 대체한다는 뜻이 아닌, 진정한 의미에서 자국어의 '세계화'도 번역가의 언어적 과제의 범위에 들어올 수 있다. 물론 이런 언어적 과제는 한편으로는 사회문화적 과제, 그리고 다른 한편으로는 번역 방법론으로까지 연결되는, 번역가의 중심적 과제가 될 것이다.

사실 언어적 과제는 번역학자들도 많은 관심을 갖고 있다. 이 과제가 외국어와 한국어가 치열하게 만나는 현장에서 직접적으로 발생하여, 규범적으로든 기술記述적으로든 가장 많이 논의되는 대목이기 때문이다. 이미 이렇게 많이 논의되고 있는데 왜 이것을 번역가가 번역학자에게 바라는 것 가운데 하나로 집어넣었느냐? 물론 번역가의 언어적 과제를 몇 마디로 일목요연하게 정리해주기를 바라서 집어넣은 것은 아니다. 그럴 수도 없고 그렇게 할 필요도 없는 일이다. 이것을 집어넣은 것은 번역학자들의 논의가 번역가들에게 와닿는 접점이 아직은 많지 않기 때문이다. 예컨대 우리 문학의 경우 창작, 현장 비평, 국문학 연구, 이 세 가지가 대체로 맞물려 돌아간다. 번역의 경우라면 실제 번역 작업, 현장 번역 비평, 번역학 연구가 함께 어울려 돌아가면 좋을 텐데, 그 허리이자 연결고리인 비평이 아직은 좀 부실하지 않느냐 하는 이야기다. 이런 점에서 최근 몇 년 동안 번역 비평 논의가 활성화된 것은 번역가의 입장에서 진심으로 환영할 만한 일이다. 그러나 이 작업은 사실 더 많은 번역학자들이 달려들어 더 활발하게 진행되어야 할 일이라고 본다. 물론 번역학자의 추상적인 연구 작업과 현장 번역 비평을 섞으라는 이야기는 아니다. 간혹 연구 작업과 비평 작업이 섞이는 것을 우려하는 이야기가 들리는데, 사실 그렇게 섞이는 것 자체가 비평 작업이 자기 고유의 영역에서 활성화되지 못하기 때문에 벌어지는 일이라고 본다. 비평이 활성화되면 오히려 자연스럽게 영역이 나뉘게 될 것이다.

사실 내가 지금까지 말한 과제들이라는 것은 높은 추상적 수준에서도 이야기될 수 있겠지만, 번역 현장에서 이루어지는 작업들에 달라붙어 논의하는 데서부터 시작하지 않는다면 아무래도 그 기초가 부실하고 구체성을 잃을 수밖에 없을 듯하다. 기술적 논의는 말할 것도 없고, 규범적 논의라 하더라도 그 규범이 선험적으로 얻어지는 것이 아닌 한 현장에서 출발해야 하는 것 아니겠는가? 예컨대 무엇이 좋은 번역이냐 하는 궁극적인 문제도 마찬가지이다. 번역가의 아전인수라고 해도 할말이 없지만, 번역학자는 좋은 번역 작품에서 좋은 번역의 기준에 대한 영감을 얻을 수 있는 것이라고 본다. 그 구체성 속에서 진정으로 높은 추상성으로 올라갈 수 있는 길이 보일 것이다. 앞서도 말했듯이 딱 하나의 합의된 기준을 제시해달 라는 이야기가 아니다. 어떤 의미에서든 좋은 번역 작품이 나 오고, 또 소수라 할지라도 번역 비평가들이 그 작품의 좋은 점 을 이론적으로 옹호할 때, 번역의 질도 올라가고, 번역가의 언 어적 과제도 선명해지고, 번역학자의 연구도 충실해진다는 이 야기다.

사실 이런 번역 비평에 대한 요구는 약간은 절박한 현실적 상황에서 나온 것이기도 하다. 현재 번역학자들—재야든 학 계든—의 번역 비평 작업이 활성화되지 않으면서 생기는 중 요한 문제 한 가지는, 번역가들이 언어적 과제에서 통념적 기 준을 무의식적으로 따르게 된다는 것이다. 예를 들어 영화의 경우는 어떤 영화가 평단과 대중의 지지를 동시에 받는다는 말을 한다. 그러나 번역의 경우 아직 이렇다 할 평단이 없기 때문에 번역가들은 평단의 지지를 의식하지 않고, 오직 대중 의 지지만 좇게 된다. 그 결과 통속적 번역이 지배할 가능성이 커진다. 단지 번역 작업만 그렇게 되는 것이 아니다. 번역 작 품을 섬세하게 살피며 자신의 판단 기준을 늘 되돌아보는 분들이 비평에 참여하지 않음으로써, 번역 비평도 인상 비평 수준의 비평, 외국어 문제 채점하는 식의 비평, 심지어 인터넷의 댓글 수준의 통속적 번역 비평이 지배할 가능성이 커진다. 이것은 번역가에게나 번역학자에게나 별로 도움이 되지 않는 일이다. 그러나 이 말을 뒤집으면, 번역학자 여러분이 현장에서 번역 비평에 나설 경우, 양쪽 모두에게 큰 보람이 생길 수도 있다는 이야기가 된다. 그리고 그런 보람을 얻는 데 이 이야기가 조금이나마 보탬이 될 수 있다면, 나로서는 그보다 기쁜 일이 없을 듯하다.

이상, 번역가가 번역학자들에게 바라는 것이었다.

번역과 한국의 근대

모두가 알다시피, 역사는 집단적 자의식의 산물이며, 자기 자신에게서 배우겠다는 의지의 표현이다. 이렇게 볼 때, 우리 나라 번역의 역사를 이야기하는 책이 한 손에 다 꼽힌다는 것, 그나마 책을 낸 저자로 보자면 1970, 80년대 선구적 업적을 남긴 김병철(『한국 근대 번역문학사 연구』『한국 근대 서양문학 이입사 연구』『서양문학 번역논저 연표』)과 김욱동(『번역과 한국의 근대』『근대의 세 번역가 서재필·최남선·김억』) 단 두 사람 외에 더 찾아보기가 쉽지 않다는 현상을 어떻게 이해해야 할까? 우리나라에서 번역과 관련된 집단은 자의식도 없고, 자신의 경험에서 배울 생각도 없다는 뜻일까? 두 연구자의 노력이 돋보이는 만큼, 그들 저변의 황량함 또한 절실하게 느끼지 않을 수 없다. 그러나 현상을 개탄하는 소리야 지금 말고도 많이 들어보았을 것이고, 이제 듣고 싶은 이야기는 왜 이런 개탄할 만한 현상이 나오게 되었는가에 대한 치밀한 분석과 이런 현상을 바꿀 방법의 제시일 것이다. 바로 그런 이야기를 듣고 싶을 때 가장 먼저 펼쳐보아야 할 책이 김욱동의 『번역과 한국의 근대』(소명출판, 2010)라고 할 수 있다. 물론 이 책은 방금 제기한 문제에 직접적인 답을 주지는 않는다. 그러나 번역에 대한 우리의 의식이 형성되던 시기에 번역 작업이 이루어지던 방식을 보여줌으로써, 또 백 년 전에 벌어진 일들이 지금도 여전히 약간의 변주를 거쳐 재연되고 있음을 깨닫게 해줌으로써, 간접 조명으로 지금 우리의 자리를 비추어준다.

자의식이 형성되려면 자신이 주체라는 자각이 있어야 하고, 여기에는 주체적 행동이나 사고가 전제된다. 따라서 번역 관련자들의 자의식이 형성되려면 먼저 번역이 주체적 행동이라는 자각이 선행되어야 한다. 뒤집어 말하면, 우리 번역의 역사에 관한 연구가 이렇게 빈곤하다는 것은 번역이 주체의 행위라는 자각이 빈약하다는 뜻이 될 수도 있다. 그렇다면 그 원인은 어디에 있을까? 혹시 번역이 근본적으로 주체적 행위일 수가 없기 때문은 아닐까? 사실 번역은 예외적인 경우를 제외하 면 번역가 독단으로 하기 힘든 행위라는 것이 너무 빤하게 드 러나 있기 때문에, 주체적인 번역이라는 말 자체가 모순처럼 들리기도 한다. 또 번역의 외적인 측면, 예를 들어 번역할 텍 스트의 선정에서는 주체적일 수 있다 해도, 과연 번역 작업 내 부에서 주체적이라는 말이 성립할 수 있는가는 또다른 문제 일 수도 있다. 자못 복잡해 보이는 이 문제는 설사 머릿속에서 어떤 답을 만들어낸다 해도, 실제 현장에서 이루어진 경험과 결과로 뒷받침되지 않는다면 의미가 없을 수도 있다. 바로 이 점에서 실증적 연구에 바탕을 둔 『번역과 한국의 근대』는 단 지 근대 초기의 번역 작업들을 체계적으로 정리했다는 성취 를 넘어서서, 우리의 현재의 문제의식과 연결되는 면들을 보 여준다.

실제로 『번역과 한국의 근대』의 접근 방법 자체, 즉 '왜' '누 가' '무엇'을 '어떻게' 번역했느냐고 묻는 방식 자체가 주체의 문제를 탐사하는 한 방식이라고 보아도 좋을 듯하다. 이런 방 법론은 저자의 말대로 김병철의 기존의 업적을 체계적인 방 식으로 재정리하는 것이기도 하지만, 여러 가지 방법 가운데 도 굳이 주체의 행위를 캐묻는 '육하원칙'의 방법을 택한 것은 저자가 밝힌 대로 리디아 류의 '번역한 근대'라는 개념의 영향이 크다고 할 수 있다. 류의『통언어적 실천』에 나오는 이 개념은 중국의 근대화 작업이 "유럽의 문헌이나 그것을 일본어로 번역한 문헌을 통하지 않고서는 도저히 이룩할 수 없었다"는 맥락에서 제시된 것이다. 김욱동은 중국 근대화의 일부 주체들이 근대화의 한 방법으로 번역을 적극적으로 끌어안은 사정을 염두에 둔 이 개념을 이용하여 우리 근대의 번역을 조명해보려 했다. 이렇게 번역과 근대화가 직결되면, 우리의 주체적 번역의 문제도 곧바로 주체적 근대화의 문제와 연결될 수밖에 없다. 즉 번역과 주체와 근대의 문제가 동일 평면에 놓이게 된 것이며, 이것은 현재에도 번역과 관련하여 우리의 핵심에 자리잡고 있는 절실한 문제이기에, 저자의 방법론은 그 자체만으로도 우리에게 각성의 계기가 된다고 할 수 있다.

이런 방법론에 입각하여 실증적으로 전개되는 — 김병철의 어깨 위에 올라서서 또 때때로 그를 교정하면서 — 핵심 논지는 분명하다. 19세기 말 중국에 중체서용中體西用, 일본에 화혼양재和魂洋才가 있었듯이 이 땅에도 동도서기東道西器를 주장하는 개화파가 있었으며, 이들은 서양 문명을 받아들이는 방법으로 번역의 필요성을 주창했다. 이들의 직간접적 영향하에서 수많은 사람들이─ 심지어 홍난파, 박헌영처럼 지금은 번역과 연결시켜 생각하기 힘든 사람들까지도─ 그들 나름으로 근대화라는 뚜렷한 목표를 염두에 두고 계몽을 위한 번역을 했다. 그러나 번역가들의 시야와 능력의 한계 때문에 우리의 번역은 서양의 직접 번역이 아니라, 대부분 중국과 일본을 통한 중역이 되었다. 이것은 무엇보다도 번역할 대상을 중국이나 일본에서 선정해주는 것이나 다름없다는 점에서 '번역의 사대주의'와 다름이 없다. 특히 일본 근대화를 모범으로 삼았던 사람들은 일본에서 번역되었다는 것을 서양 문헌의 가치를 평가하는 기준인 것처럼 생각했다. 그 결과 한국의 근대는 '번역한 근대'보다 못한 '중역한 근대'가 된 것이다. "우리가 주체가 되어 서양을 직접 만나지 못한 사실, 다시 말해서 일본을 통하여 서양을 간접적으로 만난 사실이 한국 근대사가 안고 있는 비극이다."

비유적인 의미에서든 실질적인 의미에서든 '중역'이 우리의 근대를 지배했고, 주체적 번역과 주체적 근대화가 동시에 좌절했다는 저자의 결론은 번역과 관련된 집단이 유아기에 입은 정신적 외상의 한 면을 정확하게 드러내고 있다. 나아가서 이 외상 때문에 자의식과 주체성의 형성에 장애가 생기고, 유아기 자체를 돌아볼 엄두를 내지 못한다는 점에서 보자면, 저자의 결론은 곧 현재에 대한 진단이기도 하다. 『번역과 한국의 근대』가 이렇게 과거와 현재를 동시에 조망하는 위치에 올라설 수 있었던 것은 근대와 번역과 주체를 한 상 위에 올려놓았기 때문이라는 이야기는 앞서도 했거니와, 이제 상 위에 올라온 것들을 더 적극적으로 깊이 있게 다루는 것은 저자의 어깨 위에 올라서는— 저자가 김병철의 어깨 위에 올라섰듯이— 연구자들의 과제가 될 것이다. 예를 들어, 저자가 열어준 시야 덕분에 우리 눈에 들어오게 된 문제들(중역이 아니라 직접 번역을 했다면, 다시 말해서 서양과 직접 만났다면 과연 우리의 근대가 많이 달라졌을까? 그러면 주체적인 번역의 문제가 자동적으로 해결이 되었을까? 그렇게 서구화되는 것이 곧 진정한 근대로 가는 길일까? 근대화의 주체는 개화파 외에는 찾을 수 없으며, 번역은 그들의 문명 수입과 계몽의 도구 외에 다른 자리를 찾을 수는 없는 것이었을까?)을 앞에 놓고 근대나 근대화와 관련하여 다른 분야에서 쌓인 성과를 바탕으로 번역의 정치학을 고민하는 작업이 먼저 눈앞에 떠오른다. 또 한 가지 중요한 연구 방향은 번역 작품 내에서 주체의 문제를 더 치밀하게 규명해나가는 것이 될 듯하다. 저자는 번역에 대한 자의식을 조금씩 갖기 시작하던 해외문학 연구자들의 논쟁과 이 책의 마지막 장인 '어떻게 번역하였는가'에서 이 문제를 풀어나갈 단초들을 제시했다. 이를 바탕으로 번역 작업 내에서의 주체적 번역 방법론을 검토해보고 또 그에 입각한 번역 비평의 기준을 세워, 번역의 역사와 더불어 번역 자체의 공과를 더 적극적으로 따져보는 것도 중요한 일일 듯하다. 즉 적극적인 번역 비평이 결합된 번역사 기술이 기대되는 것이다. 이런 작업들이 이루어질 때 비로소 우리 번역의 자기 학습이 본격적으로 시작될 것이며, 번역의 안과 밖에서 주체적 번역의 가능성을 찾아가는 길도 열릴 것이다.

누구의 한국어도 아닌 한국어

번역 과정에서는 두 언어가 얽히기 때문에 많은 사람이 두 언어가 속한 두 문화와 관련된 이야기를 한다. 실제로 번역이 단지 하나의 언어를 다른 언어로 옮기는 것에 그치지 않고, 하나의 문화를 다른 문화 안으로 옮기는 역할도 한다는 것은 상식에 속하는 이야기다. 이 때문에 이질적인 두 문화를 건너는 방법에서 시작하여 두 문화가 대칭을 이루지 않는 상황이라든가 두 문화가 섞이는 방식까지 이야기들이 복잡하게 전개되어나갈 수도 있다. 사실 이질적인 문화를 옮기는 방법에 대한 논의를 넘어서서, 이질적 문화가 과연 번역이 가능한가 하는 근본적인 문제가 제기될 수도 있다. 문화적인 요소가 번역

불가능성의 주요한 근거가 될 수도 있다는 것이다.

이렇게 번역에서 문화라는 말만 나오면 바로 어마어마하고 복잡한 이야기로 번져가는 듯하다. 나는 이런 이야기가 매우 의미심장하고, 단지 번역만이 아니라 이 세상을 살아가는 다양한 사람들의 삶이 얽히고 소통하는 방식과 관련하여 많은 것을 드러낸다고 생각한다. 그러나 동시에 번역 과정 내부에서 볼 때는 두 문화의 이야기가 밖에서 볼 때만큼 심각한 문제는 아니라는 생각도 한다.

예컨대 번역 소설에서 톰과 메리가 한국말을 한다는 사실 자체, 그리고 독자가 그것을 아무렇지도 않게 받아들인다는 사실 자체로 이미 심각한 상황은 벗어났다고 본다. 사실 번역에서 가장 심각한 문제가 무엇이겠는가? 독자에게 톰과 메리가 한국말을 하는 상황, 순진한 어린아이의 눈으로 보면 도무지 말이 안 되는 황당한 상황을 받아들이게 하는 것 아닐까?

반대로 톰과 메리가 한국말을 하는 상황을 독자가 규칙으로 받아들이는 순간 번역은 하나의 게임으로 성립하게 된다. 이렇게 게임이 성립하고 게임의 규칙을 받아들이게 되면, 톰과 메리가 한국말을 하는 데서 한 걸음 더 나아가 빵이 아니라 밥을 먹는 것도, 심지어 경상도 사투리를 쓰는 것도, 좀 이상하기는 하지만 못 받아들일 것은 없다는 관용적 태도까지 나올 수 있다. 또 반대편에서 톰과 메리가 디너dinner를 먹었는데, 이때 디너가 점심이냐 저녁이냐를 따지는 것도 게임의 일각에서 충분히 있을 수 있는 일로 받아들일 수 있다. 물론 이때 번역가가 어떤 선택을 하느냐, 왜 그런 선택을 하느냐 하는 것은 흥미로운 이야기이고, 또 내가 진짜로 하고 싶은 이야기와 어느 정도 관련이 있다고 볼 수도 있지만, 나는 번역이라는 게임이 성립한 이상 이질적인 두 문화에 관해 너무 심각하게 인상을 찌푸리다가는 자칫 번역이 게임이라는 사실을 잊어버릴 수도 있다고 걱정을 하는 쪽이다.

그럼 번역에서 문화의 문제를 모두 가볍게 보는 것이냐 하면, 그렇지는 않다. 번역가의 문화적 선택에도 꽤 심각한 부분이 있다고 본다. 그러나 이때의 선택은 외국의 문화냐 한국의 문화냐, 이 둘 가운데 선택하는 것이라기보다는 한국의 문화들 가운데서 선택하는 문제라고 할 수 있다. 즉 한국의 문화들 가운데 어느 쪽을 선택하느냐(물론 이것을 의지에 따른 선택이라고만은 할 수 없겠지만) 하는 문제가 더 심각하고 우선적이라는 것이다.

그런데 대체로 번역에서 외국문화와 한국문화의 대비가 위낙 선명해 보이니까, 한국문화 내부의 선택은 잘 안 보이고 가려지곤 한다. 그러나 사실 한국의 문화는 다문화이다.(그런 면에서는 외국의 문화도 마찬가지다.) 물론 요즘 흔히 사용하는 방식으로, 다민족적 성격과 연결하여 다문화라는 말을 쓰고 있는 것은 아니다. 그냥 한국 민족의 문화라고 하더라도 그 자체가 다문화라는 것인데, 게임의 규칙을 이해하는 번역가에게는 외국문화와 한국문화 사이의 선택보다는 한국 내 다문화 사이의 선택이 더 어렵고 심각하며, 또 이 선택이 외국문화와 한국문화 사이의 선택도 결정하는 경우가 많다는 이야기를 하는 것이다. 그 반대가 아니라. 왜냐하면 외국문화와 한국문화 사이의 선택 문제는 그 자체로는 치환의 규칙을 만드는 수준의 이야기지만, 한국의 여러 문화 사이의 선택 문제는 자신의 언어 사용 방식을 결정하는 수준의 문제이기 때문이다.

이 점을 조금 자세히 살펴보기 위해 번역가의 문화적인 선택에서 가장 먼저 눈에 띈다고 할 수 있는 문제, 즉 번역가가 원문을 문화적으로 또는 이데올로기적으로 해석하는 문제부터 짚어보겠다. 이것은 번역가가 자신이 속한 또는 속하고자 하는 문화의 입장에서 당대의 문화적 쟁투에 관여하는 가장 직접적인 방법일 것이며, 기능인의 자리에 머물고 싶지 않은 번역가라면 당연히 의식적 선택을 해야 할 부분이기도 하다.

그러나 번역에서는 이런 문화적 선택의 문제 또한 사실상 언어 선택의 문제로 가장 선명하게 드러난다. 예를 들어 문화적으로 페미니스트 입장에 선 번역가가 있다 하더라도, 번역가는 원문에 페미니즘적 입장을 강요할 수 없다. 자신의 문화적 입장이 어떻든 원문에 없는 것을 집어넣거나 있는 것을 뺄 수는 없다는 것이다. 원문을 페미니즘 입장에서 해석할 여지가 있다 하더라도, 번역이라는 면에서 보자면 페미니즘적 입장과 그것을 의식하지 못하는 입장의 차이는 아마 미묘한 언어 사용에서 드러날 것이다. 예를 들어 단어에 무게를 주는 방식이라든가, 남녀 사이의 대화 방식에서, 그것도 원문이 허용하는 한에서만 드러나든가 할 것이다. 즉 좁은 의미의 번역이라고 할 때 번역가의 문화적 선택은 대체로 언어적 선택으로 표현되는 것이다. 이렇게 번역가는 좁다면 좁은 언어 공간 내에서 자신의 문화적 소속과 선택을 표현하는 만만치 않은 과제를 떠안게 된다.

이런 언어적 선택의 문제는 번역가 자신의 이데올로기적 태도와 관련된 문제 이전에 번역가의 근원적 지위와 관련된 더 깊은 수준에서 심각하게 다가오는 문제이기도 하다. 번역가에게는 의식적으로 선택하는 문화 밑바닥에, 자신이 태어나서 성장하면서 속하게 된 문화, 자신이 속하게 된 언어가 있다. 번역가의 문화가 한국문화 전체를 대표하는 것이 아니듯이, 번역가의 이 한국어 또한 한국어 전체를 대표하는 것이 아니라, 번역가 개인의 한국어일 뿐이다. 나의 모어母語이고, 나의 언어일 뿐이다. 어떤 의미에서는 다多언어 가운데 한 언어에 불과한 것이다.

사실 우리는 수많은 이질적 언어와 접촉하면서 살아가게 된다. 외국어는 이질성이 금방 드러나는 것처럼 보이지만, 같은 외국어라 해도 우리가 보기에 영어와 일본어는 그 이질성에 차이가 있다. 또 한국어라 해도 다른 지방 사투리는 대체로 알아들을 수는 있지만 자신의 입으로 유창하게 구사하지는 못하는 언어라는 면에서, 어떤 사람에게는 능숙하게 구사하는 외국어보다 이질적으로 느껴질 수도 있다. 또 자신이 속한 지방의 말이라 해도 집단이 달라지면 유창하게 구사하지 못하는 언어도 꽤 많다(기술번역을 하는 분들은 금세 이 점을 깨닫는다). 극단적으로 이야기하면 친한 친구의 말도 내 입으로 유창하게 구사하는 것은 쉽지 않다.

이런 상황에서 내가 만일 작가라면 나의 언어를 갈고 다듬고 살찌우고 또 갱신하고, 그러면서도 자기 목소리를 잃지 않으면 될 것이다. 그러나 번역가는 나의 언어에서, 나의 목소리에서 벗어나는 것이 숙명이다. 외국어가 그 매개가 될 것이다. 즉 번역가는 외국어를 붙들고 나의 언어에서 나오는 존재이다. 그러나 문제는 외국어를 잡고 밖으로 나와 나의 언어를 대자적으로 바라보지만 다시 나의 언어로 돌아가지 못한다는 것, 또는 돌아가면 안 된다는 것이다. 외국어 원문의 목소리가 나의 목소리와 일치하는 경우는 거의 없기 때문에, 한국어라 해도 대개는 나의 언어가 아닌 다른 한국어를 선택해야 한다. 만일 모든 번역에서 늘 자신의 한국어로 돌아가는 번역가가 있다면 그 사람을 성공한 번역가라고 부르지는 못할 것 같다. 그만큼 심각한 문제다. 따라서 어떤 면에서 번역가에게 가장 어려운 과제는 외국어를 잘 이해하는 것이 아니라, 그 외국어를 나의 한국어가 아닌 다른 사람의 한국어로 구사하는 일인지도 모른다.

그러나 이것은 단순히 다른 사람의 한국어를 흉내내는 수준 이상의 작업을 요구할 수도 있다. 외국어 자체의 특성에 그 외국어가 새로운 인식을 표현하는 상황이 겹쳐질 때 흔히 그런 일이 벌어진다. 이때 번역가가 신뢰하는 한국어는 실존하는 한국어가 아니기 십상이고—물론 일반적인 번역도 대개가 흉내낸 한국어라는 점에서 실존하지 않는다고 말할 수 있지만, 이 경우는 흉내낼 대상조차 존재하지 않는다는 점에서 질적으로 다르다고 할 수 있을 것이다—그런 점에서 누구의 한국어도 아닌 한국어라고 말할 수도 있다. 사실 외국어도 아니고 한국어도 아닌 제3의 언어라고 말할 수도 있다. 그리고 실존하는 한국어는 이 제3의 언어를 흡수하면서 그 외연을 확대해나갈 수도 있다. 따라서 이 외연 바로 너머에 한국어의 가능성으로서 존재하는 제3의 언어를 만들어내는 것이 거창하게 말하자면 한국어에 대한 번역가의 임무라고 생각한다. 그리고 이런 언어적 선택이 번역가에게는 가장 근본적인 문화적 선택이라고 생각한다.

그러나 번역가는 진공상태에서 이런 선택을 하는 것이 아니다. 번역가에게는 상당한 문화적 압박이 있다. 번역가치고 좋은 번역을 하고 싶지 않은 사람은 없을 텐데, 무엇이 좋은 번역이냐 하는 것이야말로 다름아닌 문화적으로 결정되는 것이고, 뒤집어 말하면 문화적 선택에 의해 이루어지는 것이다.

예를 들어 좋은 번역의 필요조건으로 흔히 매끄럽고 자연스러운 번역을 말하는데, 그 기준은 보통 말하는 사람 자신의 언어다. 그렇다 해도 이것이 번역가는 모름지기 나 아닌 다른 사람의 한국어를 유창하게 구사할 수 있어야 한다고 요구하는 수준이라면 충분히 정당하다고 말할 수도 있다. 그러나 이것을 다른 모든 것에 앞서는 일차적 요구, 번역 전체를 지배하는 요구로 내세우려 한다면, 그것은 번역이라는 게임이 진행되고 있다는 사실 자체를 망각하고 유아처럼 게임을 현실로 오해하는 태도가 아닌가 하는 의심을 불러일으킬 수도 있다.

그런 압박이 심해지면 번역가는 가장 안이한 선택, 즉 모든 번역에서 나 자신의 언어로 돌아가는 선택을 할 수도 있다. 왜냐하면 그것이 가장 매끄럽고 자연스러운 언어이기 때문이다. 또, 보기에는 성공했다고 말하기 힘든 이런 번역이 가장 성공한 번역으로 칭송받는 사태가 벌어질 수도 있다. 이렇게 되면 번역은 제3의 언어, 한국어의 가능성을 제시함으로써 한국어의 외연을 확대하는 과제를 수행하기는커녕 통속적인 한국어를 재생하는 수준으로 전락해버릴 수도 있다. 나의 언어는 늘 동일한 인식 방식을 재생·반복하기 때문에 자연스러운 것일 수 있고, 이런 자연스러움은 세상과 사물을 이해하는 통속적인 방식과 통할 수 있기 때문이다. 동시에 자기 언어 내부라는 자기중심적이고 즉자적 상태에서 자족한다는 점에서 이 또한 유아적 상황이라고 말할 수도 있을 듯하다.

나의 언어의 밖으로 나올 수밖에 없는 번역가, 외국어와 이질적인 인식 방식을 매개로 나의 언어를 밖에서 바라보는 특권을 누리는 번역가가 다시 그런 유아적 단계로 퇴행할 필요가 있을까? 번역가는 다른 사람의 한국어를 유창하게 구사하는 기본적인 능력을 갖추는 동시에, 번역가의 근본적 지위에 걸맞은 언어적 선택, 문화적 선택을 해야 한다. 스스로 좋은 번역을 결정해나가야 한다. 이런 결정의 전제가 되는 공간, 실존하는 언어에 직접 의지할 수 없는 제3의 언어의 공간은 대단히 불안한 곳이다. 그러나 동시에 번역가가 가장 창조적으로 문화에 기여할 수 있는 공간이기도 하다.

차이를 넘어서는 번역의 모색

두 언어의 차이를 살펴보는 일은 번역 논의에서 빠질 수 없으며, 이런 차이를 극복하는 방법을 찾는 것은 번역 과정에서나 번역 교육에서 큰 자리를 차지한다. 실제로 두 언어의 차이를 알고 거기에 대처하는 것은 번역에서 기본에 속하는 일이며 또 그만큼 중요한 기술이라고 할 수 있다. 그러나 두 언어, 예를 들어 영어와 한국어의 차이와 관련된 구체적인 내용과 그것을 해결하는 방법에 관해서는 그간 많은 논의가 이루어졌으므로, 이 자리에서는 이 문제를 약간 다른 각도에서 검토해보도록 하겠다. 두 언어에 실제로 어떤 차이가 있는지 알아보고 그것이 번역에 어떤 영향을 주는지 살펴보기보다는 번역에 관한 논의 전체에서 두 언어의 차이라는 문제 제기 자체가 어떤 의미를 지니는지 살펴보겠다는 것이다. 두 언어의 차이를 문제삼는 것을 문제삼는다고 표현해도 좋겠다.

같음과 다름

두 언어가 같고 다른 문제는 어떤 면에서는 번역의 전부로 인식된다고 말해도 지나치지 않을 것이다. 사실 두 언어가 의미하는 바가 같고 그것을 표현하는 방식이 다르므로 같은 면은 보존하고 다른 면은 바꾸어준다는 것이 번역의 가장 기본적인 출발점이 되는 발상이기도 하다. 달리 표현하자면 번역을 가능하게 하는 발상이라고 말할 수도 있다. 두 언어가 같지 않다면 번역은 불가능할 것이고, 두 언어가 다르지 않다면 번역은 불필요할 것이기 때문이다. 따라서 두 언어가 같으면서도 다르다는 점이야말로 번역이 존재하는 근거라고 말할 수도 있다.

그러나 모든 사람이 이 말을 전폭적으로 받아들이는 것은 아니다. 우선 두 언어가 의미하는 바가 완전히 포개질 수는 없으며 따라서 완전한 번역은 불가능하다고 생각할 수도 있다. 우리가 일상적으로 편하게 등가라고 생각하고 옮기는 단어들도 조금만 파고들어가면 그 의미 가운데 서로 겹치는 부분이 의외로 크지 않은 경우가 비일비재하다는 것은 번역에 진지하게 다가가본 사람들에게는 상식에 속하는 일이다.

이렇게까지 심각하게 생각하지는 않는다 해도 한 언어의 어떤 요소들, 특히 운(韻)이나 말장난에 사용되는 요소들은 번역이 불가능한 중요한 예외에 속한다고 생각하는 사람이 많을 것이다. 그렇기 때문에 운에 의존하는 시의 경우 적어도 완전한 번역은 불가능하다는 말에 이의를 달 사람이 거의 없을 것이다. 산문에서도 말장난에 속하는 대목은 설명에 의존하지 않는 직접적인 번역이 불가능한 경우가 많다고 여긴다.

그러나 번역을 아무리 진지하게 대하는 사람이라 해도 일단 번역에 나선 이상 그런 점을 크게 심각하게 생각하거나 아쉬워하지는 않고 언어라는 것이 으레 그러려니 하고 넘기는 경우가 많다. 예외적인 경우가 있다 해도, 또 비록 이상주의자들이 생각하는 완전한 번역은 불가능하다 해도, 인류가 언어로 표현하는 경험 가운데 아주 큰 부분은 여러 언어로 공유할 수 있다는 '믿음'이 밑바닥에 깔려 있기 때문이다. 이렇게 번역의 불가능성에 절망하여 손을 놓지 않고 어떻게든 번역에 나서는 사람들은 대부분 한 언어가 의미한 바를 다른 언어로 옮겨놓는 것이 가능하다고 믿고, 그 의미를 가능한 한 온전하게 전달하는 방법을 모색하는 데 힘을 쏟는다.

바로 이때 같은 의미를 나타내는 양쪽 언어의 표현 방식 차이가 문제가 된다. 이 경우에도 한쪽 언어의 표현 방식을 다른 언어로 그대로 옮겨왔을 때 어법을 완전히 어기게 되는 경우는 사실 문제가 되지 않는다. 어법에 어긋나는 글은 애초에 받아들여지지 않으므로 다른 통로를 찾을 수밖에 없기 때문이다(이 부분은 외국어 학습의 중요한 부분이고 번역에서는 기초에 속하는 부분이 될 것이다). 결국 어법에 어긋나지는 않지만 자연스럽지는 않은 회색 지대에 속하는 경우가 핵심적인 문제가 된다. 번역에서 두 언어의 차이를 문제삼는 것은 대개 이 회색 지대를 문제삼는 것이며, 그 의도는 대체로 회색 지대의 발생을 막자는 것이다. 그리고 회색 지대의 발생을 막는 방법은 번역가가 갖추어야 할 중요한 기술에 속한다.

다름의 자리

일반적으로 말해서 두 언어의 표현 방식 차이를 고려하여 번역하자는 것, 즉 회색 지대를 없애자는 것은 기본적으로는 누구나 동의할 만한 주장이다. 번역할 때 두 언어의 표현 방식의 차이에 무지할 경우 흔히 '번역투'나 '직역투'라고 지적받는 부자연스러운 우리말을 쓰게 되며, 이것은 쉽고 빠른 소통을 일부러 막으려고 하는 경우가 아니라면 불필요한 장애가 된다. 그러나 이 점을 인정한다고 해서 우리말의 표현 방식을 고려한 자연스러움이 번역의 모든 것을 지배하는 원칙이고, 다른 모든 고려 사항은 여기에 종속되어야 한다는 주장에까지 동의한다는 것은 아니다. 중요한 원칙이라 해도 그것이 적용되는 범위를 넘어서서 무리하게 적용하려 들면 그 자체가 오히려 장애가 될 수도 있기 때문이다. 따라서 회색 지대를 없애자는 과제가 번역에서 차지하는 자리를 제대로 잡아주는 것 또한 중요한 과제가 되며, 그것이 지금 이런 이야기를 하고 있는 이유다.

회색 지대를 없애자는 과제는 번역의 기술적 측면과 관련된 것이며, 기술과 관련될수록 몇 가지 규칙으로 정리되는 경향이 있다. 두 언어의 차이를 고려하여 번역한다는 과제가 이렇게 몇 가지 규칙으로 정리되면, 규칙으로 정리되기 힘든 다른 과제들을 누르고 번역의 제1기준처럼 통용될 가능성이 있고, 번역의 중요한 방법론으로 과대 포장될 염려가 있다. 실제로 규칙 몇 개로 깔끔하게 정리된 번역 방법론의 제시는 번역하는 사람에게나 번역 교육에 관련된 사람들, 나아가 기계번역에 매력을 느끼는 사람들에게까지 매우 유혹적으로 다가온다. 그러나 어떤 기술의 규칙이라고 할 경우 그것이 규칙이 되기 위해서는 변수를 최대한 고정시켜야 하는데, 이것은 두 언어의 차이를 고려하는 규칙도 예외가 아니어서 인간을 반영한 살아 있는 언어를 잠시 냉동된 것으로 간주해야 한다. 영어와 한국어의 차이를 설명하는 중요한 책으로 꼽을 수 있는 문용의 『한국어의 발상·영어의 발상』(서울대학교출판문화원, 2015)에서 이와 관련된 중요한 통찰을 얻을 수 있다.

"어순과 어순 배열의 원칙은 어떤 특정한 문맥을 전제로 하지 않은, 말하자면 '중립적'인 문장을 전제로 한다."

이 말을 뒤집으면 "특정한 문맥을 전제로" 한 "중립적"이지 않은 문장은 이런 원칙의 적용에서 벗어날 수도 있다는 이야기가 된다. 그런데 세상의 수많은 문장에서 그런 "중립적"인 문장이 얼마나 될까?

이런 통찰을 잊지 않으면서 다음과 같은 질문을 던져보는 것도 번역에서 두 언어의 다름이 차지하는 자리를 파악하는데 도움이 될 듯하다. 아무리 좋은 번역이라 해도 원문과 번역문의 차이가 느껴지기 마련인데 그 차이는 어디에서 오는 것일까? 거기에서 두 언어의 표현 방식의 차이가 얼마나 큰 비중을 차지할까? 바꾸어 말해, 두 언어의 표현 방식 차이와 관련된 모든 규칙을 다 적용하면 번역문과 원문의 차이가 사라질까? 혹시 그 규칙을 적용하면 적용할수록 원문과 번역문의 차이는 더 벌어지지 않을까? 즉 다른 면을 없애려고 노력하면 노력할수록 더 같아지는 것이 아니라 오히려 더 달라지는 것이 아닐까?

질문을 한 나 자신도 선뜻 답할 엄두가 안 나지만, 어쨌든 이런 질문을 던지면서 한 가지 깨닫게 되는 것은 번역에서 다름의 문제는 어디까지나 같음을 확인하는 과정에서 파생된 것이지 별도로 존재하는 것이 아니라는 점이다. 흔히 두 언어의 차이를 고려할 때 출발언어에서 의미하는 바는 이미 이해되었고 이제 두 언어의 차이를 고려하여 그것을 목표 언어로 옮겨놓는 일만 남은 것처럼 이야기하는데, 번역이 이렇게 알사탕의 껍질을 바꾸듯이 기계적으로 되는 일은 아니다. 의미는 알사탕처럼 단단하게 고정되어 있지도 않으며, 게다가 더운 여름날 녹아버린 것처럼 껍질에 들러붙기도 한다.

많은 경우 의미라는 것이 텍스트를 읽으면 저절로 우리 머릿속에 차곡차곡 담기는 것도 아니고, 심지어 텍스트 안에 금

괴처럼 묻혀 있어 곡괭이로 그것만 캐내고 나머지는 털어내기만 하면 되는 것도 아니라는 사실은 번역을 어느 정도 해본 사람이라면 동의할 것이다. 사실 의미는 텍스트를 읽어가는 과정에서 어떤 상호작용 가운데 동적으로 형성되어 나아가는 것이고, 그나마도 끊임없이 흔들린다. 번역가가 이런 의미 형성 과정에 적극적으로 참여하는 것이 번역 과정에서 두 언어의 차이를 고려하는 과제 못지않게 중요한 자리를 차지한다는 것은 말할 필요도 없다.

원문의 표현 또한 그 의미의 원형을 아슬아슬하게 순간적으로 고정시켜놓은 것이다. 물론 좋은 글일수록 그 표현이 아니면 그나마도 고정이 안 될 것이라는 느낌을 준다. 따라서 표현은 의미의 모호한 형태에 딱 맞는 모양으로 달라붙어 의미가 자신을 발현하는 데 중요한 역할을 하고 있어 둘의 분리는 상상하기 힘든 경우가 많다. 따라서 '중립적'이기는커녕 지극히 편파적으로 문맥에 좌우되고 자국어의 일반적이고 규범적인 표현법에서도 일탈하는 경우가 흔해, 두 언어의 차이에 관한 일반 규칙을 단순하게 적용하기 힘든 경우가 많다. 가능한 경우에도 문제는 간단치 않다. 이 표현 방식 자체가 번역의 대상이 될 수 있기 때문이다.

"한국에서는 '소유'의 개념을 '존재'란 관점에서 인식하려는 경향이 있는 반면 영어에서는 '소유'와 '존재'를 따로 인식하는 경향이 있다."(문용, 같은 책)

만일 이 말이 사실이라면 "'소유'와 '존재'를 따로 인식하는 경향" 또한 번역의 대상이 되어야 하는 것이 아닐까?

표현의 문제를 이런 관점에서 생각한다면, 목표 언어의 회색 지대에 대한 생각 또한 달라질지 모른다. 앞서 말했듯이 불필요한 부자연스러움을 자랑할 수야 없지만, 번역가가 원문 텍스트의 의미를 형성해나가는 과정에서 얻은 결과물이 목표 언어의 규범적 표현법으로 감당하기 쉽지 않다면, 또는 그렇게 할 경우 손실이 너무 크다면, 그때 나타나는 일탈적 표현들은 오히려 목표 언어의 표현력을 확대하는 부분으로 볼 수도 있지 않느냐는 것이다. 즉 이 회색 지대를 목표 언어가 발전하고 변화하는 지대로 적극적으로 받아들일 수도 있다는 이야기다. 만일 그렇다면 번역가는 회색 지대를 없애는 동시에 강화하는 모순된 과제를 떠맡게 되는 셈이다.

이항적 사고와 다항적 사고

번역 논의에서 의미나 표현을 동적으로 파악하지 않고 고정시키려 하는 것은 아무래도 이런 논의 자체가 기존의 이항적 사고의 틀 안에 갇혀 있기 때문인 듯하다. 당연한 이야기지만, 두 언어의 같고 다른 부분을 따지는 데에는 '두 언어'라는 두 항의 설정이 전제된다. 사실 번역을 둘러싼 생각의 밑바닥에는 출발 텍스트와 도착 텍스트라는 두 항의 관계(그 연장선상에서 출발언어와 도착언어, 저자와 번역가 등의 이항관계)가 놓여 있는 경우가 많다. 바로 이 관계가 번역에 관한 우리의 사고를 여러 면에서 규정한다.

무엇보다도 같다는 개념, 즉 흔히 말하는 등가라는 개념도 당연히 두 항을 전제로 하는데, 위에서도 보았듯이 우리는 이를 한쪽 항의 고정된 의미와 같은 의미를 가진 말을 다른 쪽 항에서 찾아낸다는 식으로 이해하기 쉽다. 등가개념은 어디까지나 의미의 보편성과 고정성을 전제로 한 것이기 때문이다. 즉 텍스트 내에 고정된 의미가 존재하고 이것이 번역가에게 파악되며, 번역가는 이것을 같은 의미를 지닌 다른 언어로 재구성해낼 수 있다는 믿음이 전제되어 있다. 두 언어의 다름도 이런 고정성을 전제한 같음의 이면이며, 고정된 '중립적' 문장을 예로 들어 그런 다른 면들을 규칙으로 정리해놓기도 한다.

게다가 이 두 항 사이에는 출발과 도착이라는 이름이 붙어 있어 두 항 사이의 일방통행적 방향성을 규정하기도 한다. 출발언어라는 한쪽 항에서 출발한 고정된 의미는 다른 항에서 고정된 등가의 의미를 찾아가고 양 언어의 차이점을 해소하면서 번역으로 정착한다는 것이다. 이런 생각은 번역가가 능동적으로, 적극적으로 의미를 형성하는 것을 막아, 번역가는 주어진 의미를 받아들이는 수동적인 위치에 놓이게 된다.

그러나 이항적 사고에서 무엇보다 중대한 문제는 이것이 번역의 많은 문제를 이 두 항의 관계로 장악하면서 특유의 양자택일적 '충성'을 요구한다는 것이다. 그래서 어느 한 항에 충성하느냐에 따라 의역이냐 직역이냐 묻기도 하고, 충실성을 택할 것이냐 가독성을 택할 것이냐 묻기도 한다. 균형을 택한다고 해도 그것은 여전히 두 항을 계속 의식하고 있을 수밖에 없다. 사실 애초에 같으냐 다르냐 묻는 것 자체가 이항적 사고의 본질에 속하는 것이다.

그러나 모두가 번역에서 이항적 사고를 하는 것은 아니다.

"번역가의 작업을 완성시키는 것은 여러 개의 언어를 통합하여 하나의 진정한 언어를 형성하려는 위대한 모티프이다."

(발터 베냐민, 「번역가의 과제」 『언어 일반과 인간의 언어에 대하여 번역가의 과제 외』, 길, 2008)

베냐민은 이 진정한 언어를 순수언어 또는 완전한 언어라고
도 부르며, 황현산노 이 짐에 착안하여 절대언어나 세계어와
관련하여 번역의 과제를 규정하고 있다. 나 자신도 번역의 결
과물은 외국어도 한국어도 아닌 제3의 언어가 되는 듯하다는
이야기를 한 적이 있다. 베냐민은 기본적으로 현재의 언어들
은 불완전하다고 전제하고, 번역은 원문의 언어가 번역의 언
어를 만나 완전한 언어로 나아가는 과정이라고 본다. 그러나
베냐민이 말하는 순수언어는 좋게 보아주어도 실무 수준에서
는 감당할 수 없는 이상의 아름다운 수사적 표현이라고 생각
하는 사람이 많은 듯하다. 만일 순수언어가 단순한 수사가 아
니라 실제로 번역 과정에서 수용·실행 가능한 개념이라면 어
떨까? 외국어, 자국어라는 두 항에 그것을 매개하는 순수언어
라는 제3항이 존재하게 되는 것이 아닐까?

　물론 번역 논의에서 중간항의 존재는 낯선 것이 아니다. 예
를 들어 번역에 관여하는 두 언어 사이에 '언어화되지 않은 의
미'라는 중간항을 넣는 경우도 있다. 그러나 이것은 순수언어
와는 발상이 좀 다른 듯하다. 오히려 언어에서 추출된 비언어
적 의미가 바로 다른 언어의 옷을 입는다고 생각한다는 점에
서―앞서 말한 알사탕과 껍질처럼―기본적으로 이항적 사고

와 거의 다르지 않다. 또 무엇보다도 이때의 의미는 언어가 아니다. 순수언어도 아직 언어로 존재하는 실체가 아니라는 점에서는 추출된 의미와 무엇이 다르냐고 물을 수도 있겠지만, 언어로 완전하게 표현된 완성된 의미를 염두에 두고 있다는 점에서는 번역어의 옷을 입기 전인 나신裸身의 의미와는 엄연히 다르다고 말할 수 있다.

어쨌든 베냐민의 이야기를 받아들인다면 번역가의 과제는 완전한 '번역'에 이르는 것이 아니라 완전한 '언어'에 이르는 것이다. 둘 다 이루기 어려운 이상적인 과제라는 점에서는 비슷해 보일지 모르지만, 번역에 관한 생각에 주는 영향은 사뭇 다르다. 실제로 완전한 언어를 중간항으로 놓고 이항적 사고에서 다항적(또는 삼항적) 사고로 나아가면 지금까지 거론한 많은 문제를 새로운 눈으로 볼 수 있다. 방금 말했듯이 우선 번역의 목표 자체가 달라진다. 더불어 앞서 언급했던 번역의 불가능성도 번역 자체의 불완전성이 아니라 각각의 언어의 불완전성에서 원인을 찾을 수 있으므로, 번역은 완전한 언어를 찾아가는 번역의 과제 내에 번역의 불가능성 문제를 끌어안아 불필요한 부담에서 벗어날 수 있다.

또 이항적 사고에서는 양쪽 항의 언어를 완결되고 고정된 것으로 전제하는 반면, 순수언어는 언어들의 불완전성을 전제한다. 이것은 어떤 고정된 규칙을 정하는 데에는 불리할지 몰라도, 대신 번역과 관련되는 양쪽 언어를 동적이고 열려 있는 언어로 받아들일 수 있게 해준다. 사실 이것이 우리가 일상적으로 접하는 언어, 또 번역에서 다루게 되는 언어의 본질에 가깝지 않을까? 이렇게 출발언어의 불완전성을 인식하면 번역가가 그 언어를 읽어나가며 의미를 적극적으로 형성해가는 입장에 설 수 있고, 그와 함께 출발과 도착이라는 표현이 전제하는 일방통행성과 수동적 태도에서 벗어날 수 있다. 언어의 불완전성이라는 말 자체가 말하는 사람의 의도가 언어로 완전하게 표현될 수 없다는 뜻을 포함하며, 번역은 양 언어의 통합을 통해 완전한 언어로 나아가는 길을 찾아가는 것이기 때문이다.

이렇게 볼 때 양 언어의 회색 지대 또한 적어도 그 가운데 일부는 불완전하고 유동적인 언어에 필연적으로 존재할 수밖에 없는 부분임과 동시에 어떤 의미에서는 양 언어가 통합되어 완전한 언어로 나아갈 가능성이 배태되는 곳으로, 즉 제3의 언어 또는 번역의 언어가 자리잡는 곳으로 적극적으로 받아들일 수도 있다. 이렇게 생각한다면 결과적으로, 이 글의 출발점이었던 두 언어의 차이 또한 두 언어 사이에 절대적인 담을 쌓아놓고 어떤 표현 방식이 어떤 언어에는 자연스럽고 어떤 언어에는 부자연스럽다는 판결을 내리는 식으로 해결하려는 시도도 사라질지 모른다.

나아가 순수언어라는 제3항을 들여올 경우 우리는 이항적 사고에서 강요했던 양자택일적 문제의식에서도 벗어날 수 있다. 충성의 대상이 양쪽 어느 한 항에서 제3항인 완전한 언어로 바뀌기 때문이다. 예를 들어 출발언어에 대한 충실성이 아니라 순수언어에 대한 충실성을 지켜야 한다면 그림이 어떻게 바뀌는 것일까? 물론 이렇게 다항적 사고로 전환한다 해도 같으냐 다르냐 하는 문제는 여전히 존재할 것이다. 그러나 그 자리와 비중은 분명히 달라질 것이다. 적어도 그런 문제가 핵심의 자리에서는 물러날 것이고, 우리는 그 빈자리에서 번역 논의의 새로운 지평을 바라보게 될지도 모른다.

이렇게 이야기하니 순수언어의 영향력을 한껏 미화한 느낌인데, 과연 순수언어라는 제3항이 수사적 표현 또는 이상적 관념이 아니라 실제 번역에서 추구할 목표가 될 수 있을까? 그전에 실제 번역 과정은 어떻게 이루어지는 것일까, 물어보는 것이 먼저일 수도 있겠다. 우리는 기계가 되어 어떤 규칙에 따라 원문을 번역문으로 옮겨놓는 것일까? 그래서 번역의 기술을 습득하고 축적함에 따라 더 능숙하게 번역하고 더 유능한 기계가 되어가는 것일까? 과연 번역이 그렇게 기술의 문제이기만 한 것일까? 번역에서 두 언어의 차이가 차지하는 자리를 확인하는 것은 결국 기술적인 측면이 차지하는 자리를 묻는 것과 통할 수 있기 때문에 마지막으로 그렇게 물어볼 수 있는 것이다. 번역에서 기술적 측면을 무시하는 것은 물론 어리석은 일이지만, 기술적인 것이 번역의 근본 문제들을 해결해준다고 믿는 것 또한 순진하고 단순한 생각일 것이다. 이렇게 번역 작업에서 기계적인 일이 다가 아니라는 생각이 들 때, 번역을 하면서 기술적인 면들을 넘어서는 어떤 창조적인 면이 작동하고 있다는 생각이 들 때, 실제로 어떤 완전한 언어에 다가가고자 하는 지향이 번역 작업 내에 존재한다는 생각이 들때, 그때 우리는 직역이나 의역, 충실성과 가독성이라는 이항적 갈등을 넘어서게 되는 것이 아닐까? 이 또한 번역이 가능하다는 믿음과 마찬가지로 하나의 '믿음'일지 모르지만, 우리의 번역 작업은 불완전한 양쪽 언어에서 어떤 완전한 언어를 상상하는 방식으로 이루어지며, 이런 점에서 우리보다 기술적으로 나은 기계가 나온다 해도 그 기계에게 다 맡기기 힘든 면이 있다. 이런 완전한 언어의 상상은 번역의 본령에 해당하는 인간적 영역과 직결되는 면이 있다. 현재 우리의 언어는 성기고, 번역의 반은 상상인 것이다.

번역의 역할

제목은 거창하게 '번역의 역할'이라고 잡아놓았는데 사실 이런 제목으로 말할 자격이 있는지 의심스럽다. 번역을 꽤 오래해온 것은 사실이지만, 과연 그동안 내가 번역의 역할을 염두에 두고 어떤 목표를 설정하여 번역을 해왔느냐고 자문한다면 자신 있게 그렇다고 답하기가 곤란하기 때문이다. 사실은 먹고살기 위해 번역을 했으면서 이런 주제로 이야기할 자리가 마련되니까 이제 와서 어깨에 힘을 주려 한다는 혐의를 받아도 할말이 없다. 이렇게 고해 비슷하게 시작하는 것은 그동안 번역의 조건도 변하고 내가 속한 세대와는 다른 새로운 세대가 등장했다는 느낌도 있는데, 번역의 역할이라는 문제를 추상적으로 다루지 않으려면 이런 변화도 염두에 두어야 한다고 보기 때문이다.

지금 이야기를 꺼내는 방식에서도 느꼈겠지만, 이 글에서는 번역이 생긴 이래 이어져온 변함없는 역할—그런 것이 있는지 모르겠지만—보다는 우리 눈앞에 보이는 역할에 초점을 맞출 것이다. 번역의 역할이 이미 주어져 있다고 보기보다는 번역을 둘러싼 조건에 따라 새롭게 규정된다고 보는 쪽이기 때문이다.

지금까지 번역의 역할이라는 문제에 관해 충분히 논의가 되어왔는지는 잘 모르겠다. 혹시 아니라면 그 답이 이미 나와 있고 또 너무 뻔한 것이라는 생각 때문인 것은 아닐까? 그러나 조건에 따라 역할이 달라진다고 생각한다면, 조건이 바뀌었다고 판단될 경우 다시 역할의 문제를 제기하는 것이 옳을 것이다. 이 글에서 말하고자 하는 바가 바로 그것, 즉 지금까지 번역의 역할이라는 문제가 충분히 제기되지 않았다면 이제는 그럴 때가 되었고, 설사 암묵적으로 인정되는 역할이 있었다 해도 조건이 바뀌었다면 새로 규정할 필요가 있다는 것이다.

물론 이 자리에서 현재의 조건에 맞는 번역의 역할을 본격적으로 규정하는 작업까지 하면 좋겠지만, 현재의 능력으로는 감당하기 어렵기 때문에 그 과제는 앞으로 이루어질 논의에 맡기고 여기에서는 그 조건을 훑어봄으로써 앞으로의 논의에 자극을 주는 데 만족하고자 한다. 조금 전 다소 개인적인 이야기를 꺼낸 것도 그런 조건에 대한 이야기의 일부로 받아들여주었으면 좋겠다.

내친김에 고해를 좀더 이어나가자면, 우리 세대 가운데는 번역을 시작할 때 번역의 역할을 고민하기는커녕 번역을 자신의 목표로 삼은 사람도 많지 않을 것이다. 거창하게 삶의 목표로 삼는 것은 말할 것도 없고 직업적인 목표로 삼는 경우도 많지 않았을 것이라고 본다. 이렇게 저렇게 밀려서 부업처럼 하는 일이 번역이었고 다른 가능성이 막히면 비로소 본업이 되어버리는 경우도 흔했다. 따라서 번역의 역할을 이야기하기 이전에 번역가라는 자기 정체성조차도 확실치 않은 면이 있었다. 그러나 요즘은 상황이 다른 듯하다. 많은 사람이 번역이라는 분명한 목표를 두고 노력하며 그것을 돕는 기관도 여럿 있다. 그렇게 되면서 과거에는 번역이 기피까지는 아니라 해도 약간 마지못해 하는 일이었던 반면, 지금은 적어도 이 일이 적성에 맞는다고 생각하는 사람들에게는 매우 하고 싶은 일이 되었다는 느낌이 있다. 이렇게 적극적이고 긍정적인 자세로 번역에 임하는 사람들이 다수 등장하면서 번역의 역할 문제 또한 새롭게 생각해볼 필요가 생긴 듯하다.

왜 이런 변화가 일어났을까? 많은 사람이 다양한 이유를 댈 수 있겠지만, 적어도 나를 포함한 앞 세대의 번역가들이 뛰어난 모범을 보였기 때문에 후배들이 그것을 보고 우르르 몰려들고 있다는 것만큼은—그렇게 믿고 싶기는 하지만—그 이유에서 빼야 할 것 같다. 그보다는 번역 외적인 상황 변화가 큰 요인이었던 듯하다. 개인적인 경험에서 보자면 아무래도 1990년대 말 IMF 경제 위기가 큰 역할을 했던 것 같다. 이때 이후 우리나라에서 일이나 직업에 대한 관념이 크게 흔들리면서 번역이 전문적이고 자유로우면서도 벌이 또한 쏠쏠한 직업으로 조명받기 시작했고 그때부터 '초벌 번역' 등과 관련한 광고가 눈에 자주 띄었다. 조직이 보장해주는 안정된 일자리라는 관념이 흔들리면서 번역이 개인의 능력으로 지켜낼 수 있는 일자리의 좋은 예가 된 것이다. 물론 여기에 버무려진 환상에 관해서는 내가 이 자리에서 굳이 이야기할 필요가 없을 것이다.

그러나 변화의 원인으로 또 한 가지 흐름을 이야기하지 않는다면 공정하다는 이야기를 듣지 못할 듯하다. 즉 사회경제적 조건의 변화 외에 문회적으로도 번역의 중요성을 강조하는 목소리가 계속 이어져왔다는 것이다. 물론 개중에는 오역을 질타하는 목소리도 적잖았지만, 외국문학을 연구하는 학자들이 진지하게 번역에 관심을 갖고 실제로 번역에 뛰어들기도 하고 번역을 평가하기도 하는 등 번역을 중시하지 않으면 나타날 수 없는 새로운 조짐들이 보이기 시작했다. 이에 따라 대학에서 외국문학을 공부하는 학생들도, 물론 과거와는 달리 다른 전망이 마땅치 않다는 요인도 있기는 하지만, 번역에 관심을 갖고, 진로를 고민할 때도 번역을 하나의 가능성으로 받아들이기 시작했다. 과거에는 외국문학을 공부한다 해도 장차 번역을 업으로 삼겠다는 학생은 찾아보기 힘들었다는 점을 생각하면 실로 큰 변화라고 할 수 있다.

학계를 비롯한 고급 독서층에서 번역의 중요성을 강조하자 출판계도 이에 호응하여 번역의 질을 높이는 데 노력을 기울이게 되었다. 출판계가 자신들이 원하는 수준의 번역을 해줄 사람을 찾게 되면서 번역은 아무에게나 맡길 수 없는 일이 되었고, 이에 따라 '전문 번역가'라는 묘한 말이 등장하게 되었다. 일반 번역가와 전문 번역가를 구분하는 기준이 뭔지는 잘 알 수 없지만, 한편으로는 번역된 결과물의 품질을 보증하기 위한 장치라는 느낌을 주고, 또 한편으로는 번역을 부업이 아니라 직업으로 하는 집단의 본격적인 등장을 알리는 신호 같은 느낌을 준다.

어쨌든 능력 있는 사람들이 많이 유입되는 것은 번역계로서는 환영할 만한 일이다. 게다가 이들은 앞서 말했듯이 목적의식이 뚜렷하다는 점만으로도 과거와는 확실하게 구분되는 듯하다. 그러나 이들이 처한 환경 또한 과거와는 다른 면이 있기 때문에 이들의 사명감이 구체화되려면 이런 면을 고려해야만 한다. 먼저 이야기해야 할 것은 현재 번역가들은 능동적이지만 동시에 대단히 수동적이 될 수밖에 없는 처지에 놓여 있다는 점이다. 자신의 직업적 정체성이나 목표가 분명하다는 점에서는 능동적이지만 역할이 기능인으로 한정된다는 면에서는 수동적이라는 것이다. 과거에는 번역가가 외국문화를 받아들이는 첨병 역할을 하여 문화의 소개와 번역을 겸하는 경우가 많았다. 긍정적으로 평가받든 외국문화의 수입상에 불과하다고 비난을 받든 단순히 주어진 외국 글을 우리말로 옮기는 작업 이상의 역할을 한 것이다. 그러나 지금은 외국문화를 소개하거나 평가하는 역할과 번역하는 역할이 나뉘어 있는 편이다.

여기에도 여러 가지 이유가 있겠지만, 1987년이 중요한 분기점을 이루는 것으로 보인다. 이때부터 우리나라에서 외국 출판물의 저작권을 인정하게 되었기 때문이다. 그로 인해 저작권 에이전시의 역할이 커지면서, 외국의 신간 정보를 파악하고 소개하는 일은 서서히 에이전시가 맡게 되었다. 이들이 단순히 중개만 하는 것이 아니라 매출을 늘리기 위해 적극적으로 외국 출판물 정보를 모으고 국내 출판사에 그 정보를 배포하는 역할까지 하기 때문이다. 해외 출판물 저작권 계약은 대부분 이들을 중심으로 이루어지고 이들이 그 과정을 통제한다. 번역가가 읽어보고 감동받은 책을 들고 출판사 문을 두드려보았자 저작권이 이미 판매되었기 일쑤이고, 아직 팔리지 않은 책은 우리나라에서는 독자가 많이 생기기가 어렵다고 판단하여 포기한 책이기 십상이다. 알다시피 아직 책이 나오지 않은 상태에서 줄거리나 저자 이름만 놓고 거래를 하기도 하니 개인이 끼어들기는 점점 어려워진다. 따라서 번역가는 기껏해야 출판사에서 자신이 좋아하는 책의 번역을 맡겨주기를 기다리는 수동적 처지에 놓이게 된다. 결국 해외 출판물이 나오는 과정에서 번역가는 '해외 저작권자-해외 에이전시-국내 에이전시-국내 출판사-번역가'로 이어지는 사슬의 맨 끝에 자리잡고 있는 셈이다.

이렇게 되면 번역가는 한낱 번역 기능인으로 전락하기 딱 좋고, 번역가들이 외국문화와 관련된 공부를 하며 길러왔던 능력 가운데 많은 부분이 사장될 위험에 처하게 된다. 원저자에 비하면 부차적 역할이라는 이야기—물론 요새는 논란이 많은 이야기지만—를 듣는 것만으로도 찜찜한 판에 그 원저자마저 마음대로 고르지 못하는 신세인 것이다. 앞서도 말했듯이 한때 전문 번역가—전문 요리가가 아니라 요리 전문가이듯이 굳이 쓰자면 번역 전문가라고 해야겠지만—라는 말이 입에 많이 오르내린 적이 있다. 언뜻 우대해주는 말 같으면서도, 왠지 닥치고 번역만 열심히 하라는 말 같아 영 찜찜했던 기억이 난다. 아이러니하게도 이런 흐름은 앞서 이야기했던, 번역이 하나의 직업으로 부각되는 면과 궤를 같이하는 면이 없지 않은 듯하다.

번역가의 역할 축소는 번역의 역할에 어떤 변화를 가져왔을까? 무엇보다 중요한 것으로는 번역가가 번역의 사회문화적 역할을 통제할 수 없는 자리로 물러나게 되었다는 점을 들 수 있겠다. 과연 번역가가 그런 역할을 통제한 저이 있었던가? 물론 번역가들에게도―번역가들이 독자적으로 이룩한 성취라고는 말하기 힘들다 해도―화려한 과거가 있다. 그리스 시대 과학을 비롯한 중요한 문화적 내용이 아랍어 번역가들의 손을 거쳐 아랍에 자리를 잡았다가 다시 유럽으로 역수입되면서 르네상스의 불씨가 되었다는 것은 이미 유명한 이야기다. 마르틴 루터의 성경 번역―라틴어에서 독일어로―은 종교개혁의 중요한 기반이 되었을 뿐 아니라 독일어의 중요한 기반이 되기도 했다. 단테의 『신생』도 그런 역할을 했다고 한다. 우리나라에서도 훈민정음이 창제된 이후 수양대군이 수행했던 '언해諺解' 작업이 비슷한 시도라고 보는 시각도 있다. 단지 먼 옛날의 이야기만이 아니다. 일본에서는 일본 근대문학의 성립에 번역이 중대한 역할을 했다는 견해가 있다. 이 모든 작업은 번역가가 수동적인 기능인 이상의 역할을 할 때 가능했다는 공통점이 있다.

지금처럼 언어와 문화 교류의 환경이 바뀐 상황에서도 이것이 유효할까? 그 답으로 이런 예는 어떨까? 과학을 포함한 문화의 모든 부분은 계속 발전하고 있고 그것은 새로운 언어,

새로운 개념으로 표현되고 있다. 이런 언어나 개념, 또 그 발전 과정을 우리 언어로 번역한다는 것은 물론 외래어의 범람을 막는다는 면에서도 중요하고 또 외국어를 잘 모르는 사람에게 소개한다는 면에서도 중요하지만, 무엇보다도 그 발전 과정을 우리 언어로 재구성해보고 소화해내면서 현재 우리가 가진 것과 연결해나간다는 면에서도 중요하다. 근대에 우리에게 쏟아져들어온 서양문물을 표현하는 언어들이 이런 과정을 거치지 않고 일본어의 한자어를 통해 우리에게 소개되었다는 것은 신창순의 『국어근대표기법의 전개』(태학사, 2007)나 최근 발간된 이한섭의 『일본어에서 온 우리말 사전』(고려대학교출판부, 2014)이 잘 보여주고 있다. 반면 일본이 긴 기간에 걸친 그들 나름의 힘겨운 번역 과정을 통해 '사회' '개인' '자유' '권리' 등의 말을 얻어냈다는 사실은 야나부 아키라의 『번역어의 성립』(마음산책, 2011)이 잘 보여주고 있다. 실제로 우리가 일본에서 수입된 언어를 중간에 놓지 않고―기왕에 우리말에 외래어처럼 자리잡은 것은 어쩔 수 없다 해도―이제부터라도 직접 우리 언어로 외국어를 번역해내겠다고 노력한 것은 그리 오래되지 않는다. 사실 외국문학에서도 일본어 중역을 벗어난 것이 그리 오래되지 않은 일 아닌가. 번역이 중대하다면 중대한 역할을 감당하려 할 때, 번역가에게 단순한 기능인 이상의 역할이 요구되는 것이 당연한 일이라 하겠다. 그 과정이 현내의 복잡한 환경에서 다른 전문가들과 직간접적인 협업을 통해 이루어진다는 점을 생각한다면 더욱 그러하다.

그러나 외국의 문화나 사회의 새로운 언어와 개념을 번역해내는 것이 단순히 거기에 딱 맞는 우리말을 발견해내는 것은 아니라는 점을 이해하는 것이 중요하다. 우리 현실이나 역사에, 또는 아직 우리 사고에 없는 것을 만들어내는 경우도 흔하다. 이미 있는 것에서 찾아내기만 하면 되는 일이 아니기 때문에 이것이 그렇게 힘겹고 어려운 과정이 되는 것이다. 또 간신히 번역을 해낸다 해도 그 번역이 우리의 현실과는 어딘가 어긋나 있다는 느낌을 지우기 힘들 것이다. 그러나 바로 그런 어색하고 낯설고 생경한 면을 통해 우리의 현실 속에 어떤 것이 없음을 알려주고, 또 바깥에서 온 언어가 우리의 현실과 어딘가 어긋나 있음을 알려주는 것이 바로 번역의 역할이라고 할 수도 있다. 그런 번역의 언어가 우리말로 자연스럽게 녹아든다면 그것은 단지 세월이 흘렀기 때문이 아니라 현실의 변화가 언어를 감당해낼 만한 상황에 이르렀기 때문일 것이다.

이런 어긋남을 의식하게 하는 면이 중요한 것은 문화나 사회의 개념을 번역할 때만이 아니라 문학작품을 번역할 때도 마찬가지다. 어쩌면 외국의 문학을 처음 우리나라에 소개하던 시기에는 너무 낯설지 않게 다가가게 하는 것이 가장 중요한 문제였는지도 모른다. 그래서 처음에는 외국문학이 번안의 형태로 들어오는 것이라고 할 수 있다. 그러다 번안에서는 벗어나지만 최대한 자연스러운 우리말, 우리 문화에 가깝게 옮겨오는 것이 중요해지고, 문학 번역의 역할도 이에 따라 규정된다. 그 이후 우리와 다르고 이질적인 것을 받아들이고 즐길 여유와 능력을 갖추게 되면 번역의 역할도 달라진다고 생각할 수 있다. 텔레비전에서 방영하는 외화도 한때는 모두 더빙이었는데 지금은 자막으로 바꾸곤 하는 것도 비슷한 맥락에서 이해할 수 있을 것이다.

사실 번안에서 번역으로 넘어갈 때 가장 심각한 문제가 무엇이었을까? 아마도 번역의 규칙, 즉 낯선 이름을 가진 사람이 낯선 환경에서 한국어를 한다는 사실을 이해시키는 것 아니었을까? 이 규칙을 통해 성립하는 번역이라는 게임을 독자들이 즐기게 되면, 하나의 텍스트가 하나의 언어 또는 문화로 자연스럽게 통일되어야 한다는 번안적 강박에서 벗어나 번역의 역할을 새롭게 생각할 수 있다. 번역은 어디까지나 번역이지 처음부터 우리말로 쓴 것이 아니라는 전제에서 이야기를 시작할 수 있다는 것이다. 그림이 대상에 대한 사실적 모사에서 벗어나 그림은 그림일 뿐이라는 생각에 이르렀을 때 자신의 역할을 새롭게 바라보게 된 것과 마찬가지다.

새로운 세대의 번역가들이 활동하고 있는 현재의 조건에서는 더욱더 그렇다. 지금은 외국어를 아는 소수의 지식인이 다른 사람들은 접하기 힘든 정보를 수집하고, 다른 사람들은 읽기 힘든 외국 작품을 읽은 뒤 외국어나 외국문화에 어두운 대중에게 소개하는 것이 번역의 핵심 역할인 시대는 아닌 듯하다. 아마 그런 시기에는 그 시대에 맞는 번역의 역할이 있고 그런 번역을 비평하는 기준이 있었을 것이다. 어쩌면 그런 시기에는 마치 처음부터 우리말로 쓴 책처럼 읽히는 것이 번역의 첫번째 목표였을지도 모른다. 그러나 지금은 더빙한 영화를 어색해하고, 그림은 어디까지나 그림이라고 생각하듯이 번역은 어디까지나 번역이라고 생각하는 사람들이 예전보다 훨씬 많아졌다.

사실 그간의 번역 논의를 지배해온 것은 번안적 번역의 유산과 그에 대한 반동이었다. 오역에 대한 지적, 가독성과 충실성이라는 이중 기준의 제시 등이 그런 예다. 이것은 번역이 하나의 기능으로 축소되면서 이 기능을 제대로 수행하는지 평가하려는 시도들과 맞물린다. 이렇게 되면서 번역에 관한 논의의 폭은 점점 좁아지고 이는 번역 자체에도 영향을 주어 번역이라는 게임의 즐거움을 누리는 분위기보다는 시험을 통과하려는 듯한 경직된 분위기가 지배하게 되었다. 그러나 그런 지적과 평가를 하면서도 스스로 번역의 역할을 어떻게 설정하고 있는지 의식하는 경우는 많지 않다. 그렇기 때문에 번역가에게 기능인의 역할을 요구하는 흐름을 무조건 수용하여 번역의 기능적인 부분에 대한 평가와 그 기준 마련이 가장 중요한 논의 주제인 것처럼 자리를 잡게 되었다. 물론 이것은 번역에 이미 주어져 있는 절대적인 일차적 기준이 아니며, 조건에 따른 번역의 역할 규정의 산물이다. 따라서 상황이 달라졌다면, 거기에서 벗어나 현재의 조건에 맞게 새롭게 번역의 역할을 규정하고 그에 맞게 번역을 비평하는 방식을 마련하는 작업이 필요하다. 과거 번역에 부여하던 역할이 퇴색한 지금, 우리는 새롭게 번역의 역할이 무엇이냐고 물어야 하며, 그 질문에 답을 하는 과정에서 번역에 관한 논의는 한 단계 올라가고 확대될 것이다.

번역의 자리*

차를 타고 이탈리아 북부를 달릴 때 알프스가 다가오면 도로표지판에 이탈리아어와 함께 독일어가 나타나기 시작한다. 조금 더 깊이 들어가면 이탈리아어는 사라지고 아예 독일어로만 적힌 간판들이 보이기도 한다. 물론 아직 이탈리아 땅이다. 원래 이 지역은 오스트리아 땅이었지만 제1차세계대전 때 오스트리아와 이탈리아 사이의 격전장이 되었는데, 전쟁이 끝나면서 결국 이탈리아로 합쳐지게 되었다. 사실 오스트리아와 이탈리아는 19세기 중반에만도 세 번이나 전쟁을 한 만큼 서

---

* 이 글은 청소년 독자를 염두에 두고 쓴 글이다.

로 쌓인 원한이 많았다. 원래 오스트리아 영향권 안에 있던 베네치아가 이탈리아로 넘어온 것도 이 무렵이다. 물론 이탈리아로 돌아온 지 약 백오십 년이 지난 베네치아에서 독일어 간판을 볼 수는 없으나, 합쳐진 지 백 년이 지난 알프스 지방에서는 독일어 간판을 볼 수 있다. 영토상으로는 이탈리아이니 학교에서는 이탈리아어를 가르치겠지만, 집에서는 독일어를 쓰는 경우도 많을 것이다.

조건이 많이 다르기는 하지만, 얼핏 일제강점기의 우리나라와 처지가 비슷해 보이기도 한다. 일제는 1930년대 중반부터 1945년에 해방이 될 때까지 이른바 황국신민화 정책에 따라 한국어 교육을 폐지하고 일본어 상용을 강요했다. 학교를 비롯하여 관공서에서 일본어만 사용하게 한 것이다. 심지어 창씨개명이라 하여 이름도 일본식으로 바꾸게 했다. 그때 우리나라에도 학교나 관공서에서는 일본어를 사용하고, 집에서는 우리말을 사용하는 사람들이 많았을 것이다. 이런 정책이 십년 정도 실시되면서 우리나라 사람 가운데 일본어 해득이 가능한 비율이 12.4퍼센트를 조금 넘던 수준에서 22.2퍼센트를 넘는 수준까지 대폭 늘었다고 한다. 이런 정책이 더 길게 이어졌다면 어떻게 되었을까?

상상하는 것만으로도 괴로운 일이기는 하지만, 그런 식으로 몇 세대가 지났을 경우 우리말은 거의 찾아볼 수 없게 되었을까? 아니면 계속 끈질기게 살아남았을까? 역사에서 가정은 우스운 일이라지만, 어쨌든 방금 이야기한 이탈리아 북부가 우리가 참조할 만한 하나의 예가 될 듯하다. 십 년의 열 배인 백 년이 흘렀지만, 국경을 다시 긋고 이탈리아어를 상용어로 삼는다고 해서 독일어가 사라지지는 않았다. 물론 이것은 참조 사항이지 어떤 증거가 될 수는 없다. 세상에는 마치 멸종하는 희귀 동물처럼 사라지는 언어가 얼마나 많은가. 북미 대륙을 보면 인디언의 말은 이제 지명에만 남아 있다고 보아도 무리가 아닐 것이다. 따라서 이탈리아 북부의 경우도 독일어가 작은 부족의 언어였다면 사정이 달랐을지 모른다. 말을 바꾸면, 이 지역에 독일어가 살아남은 것은 독일어가 경제적, 문화적, 인구통계학적으로 가지는 힘이 있었기에 가능한 일이기도 했다. 또 이곳이 여전히 독일어권과 맞닿아 있는 접경지대라는 점도 중요한 이유가 되었을 것이다.

실용적인 외국어

어쨌든 현재 이탈리아 북부 알프스 지역에는 독일어와 이탈리아어가 공존할 뿐 아니라, 많은 사람이 독일어와 이탈리아어 둘 나 구사한다. 이렇게 독일어가 일상적으로 통용되는데다 풍광까지 수려하니 독일어권 사람들이 많이 찾아오고, 이 것은 또 반대로 관광을 주요 산업으로 삼는 이 지역 사람들이 일상적으로 독일어를 사용하게 되는 조건을 강화해왔을 것이다. 게다가 지금은 오스트리아와 이탈리아 모두 유럽 연합에 들어가 있어 화폐마저 유로를 함께 사용하기 때문에, 이 지역 사람들로서는 구태여 자신의 국적이나 모어를 의식하지 않고 편한 대로 독일과 이탈리아, 독일어와 이탈리아어 양쪽에서 얻을 것을 얻으며 살려고 할 것이다. 또 이렇게 살려고 하는 태도가 두 언어가 섞이기에 더욱 좋은 조건이 되어줄 것이다.

아마 외국어를 자연스럽게 익히는 데에는 이런 곳이 최적의 환경일 것이다. 실제로 이곳의 호텔 프런트에 가보면 독일어와 이탈리아어에 영어까지 막힘없이 구사하는 직원을 보게 되는 경우가 많다. 태어난 환경 덕분에 굳이 오랜 기간 열심히 공부를 하지 않아도 이삼 개 국어를 할 수 있는 듯하다. 어느 호텔에서는 백발이 성성한 노인이 프런트를 맡고 있었는데, 이 노인은 어색한 억양이 느껴지지 않을 정도로 영어 발음이 깔끔하여 혹시 영국인이 아닌가 하는 생각이 들 정도였다. 나중에 알고 보니 물론 이탈리아인이었다. 그런데 한번은 근처에 있다가 우연히 이 노인이 어떤 여자 손님과 프랑스어로 유창하게 이야기하는 것을 듣게 되었다. 입실 수속 등의 일처리와 관련된 대화가 아닌 듯했으니, 노인은 프랑스어도 꽤 할 줄 아는 셈이었다. 다음에 노인을 볼 기회가 생겼을 때 놀랍다고 감탄하자, 노인은 자신이 다섯 나라 말을 할 줄 안다고 대꾸했다. 그래서 더 놀라는 표정을 지었더니, 이런 호텔 일을 하려면 그 정도는 필요하다며 대수롭지 않게 받아넘겼다.

그 노인이 집에 가서 오 개 국어로 심오한 철학책이나 난해한 문학책을 읽는 취미가 있는지는 알 수 없지만, 어쨌든 이 노인은 실용적인 목적으로 외국어를 익히고 사용하는 전형적인 예를 보여준 느낌이었다. 물론 이 노인은 언어에 재주가 있고 나름대로 노력도 했겠지만, 앞서도 이야기한 접경지대라는 특수한 환경과 늘 여러 외국인을 대하는 호텔이라는 일터 덕분에 그의 외국어는 일상생활 속에서 녹슬지 않고 유지되었을 것이다. 게다가 이 노인은, 물론 겸손함도 있었겠지만, 외국어를 바라보는 지극히 실용적인 태도까지 보여주었다. 오개 국어를 구사하는 사람이라면 훨씬 높은 자리에서 훨씬 중요한 일을 해야지, 호텔 직원으로 있기에는 아깝다는 생각이 아마 내 머릿속 어딘가에는 자리잡고 있었을 것이고, 그래서 이 노인을 보고 그렇게 놀랐던 것인지도 모른다. 그러나 그 노인에게 오 개 국어란 그저 호텔 일을 원활하게 하는 데 필요한 수단이었을 뿐이고, 아마 이런 생각에서 자신의 언어 능력을 대수롭지 않게 여기는 대꾸가 나왔을 것이다.

우리의 외국어 공부

유럽의 접경지대에서 이루어지는 외국어의 실용적 학습은 우리의 경우와 비교가 된다. 일단 우리는 접경지대라고 할 만한 곳이 없다. 우리가 사는 곳은 반도라고는 하나 북한과 대립 상태가 계속되고 있기 때문에 실제로는 섬과 마찬가지다. 통일이 된다면 중국과 접경한 지대는 중국어를 생활 속에서 배울 수 있는 좋은 환경이 될 것이다. 접경지대에서 배운 외국어의 예라고 하기는 어렵지만, 중국 조선족의 경우 중국어와 우리말 두 가지를 구사하는 사람이 많은 것을 보면 그것을 알 수 있다.

이탈리아 북부와 또 한 가지 다른 점은, 앞으로는 어떻게 될지 모르겠으나, 현재 우리에게 외국어라고 하면 무엇보다도 영어가 우선시된다는 점이다. 이것은 여러 가지 문제를 낳는다. 첫째는 외국어 가운데도 서양어를 배우는 것은 아무래도 만만치 않다는 것이다. 가령 일본 드라마를 열심히 보다가 자연스럽게 일본어를 익혔다는 사람은 본 적이 있지만, 영어 드라마를 열심히 보다가 자연스럽게 영어를 익혔다는 사람은 보기 어렵다. 즉 위에 예로 든 이탈리아 노인처럼 자기 언어에서 비슷한 언어로 확장해나가면서 언어를 늘려나가는 경우에 비하면 우리는 불리할 수밖에 없다는 것이다.

둘째는 실용적인 외국어를 자연스럽게 배우고자 할 경우 접경지대 같은 생활환경이 주어지지 않는다면, 그 언어를 사용하며 생활할 수 있는 곳으로 가야 하는데 그럴 경우 비용이 엄청나게 든다는 것이다. 이렇게 되니 보통 사람들은 그런 비용을 댈 수 없고, 또 여력이 있어 외국어를 배우는 데 많은 돈을 투자한 사람들은 그렇게 배운 언어를 특권의 상징으로 삼고 싶을 수밖에 없을 것이다. 이렇게 되면 영어라는 외국어를 배우는 것은 어떤 일을 하기 위한 실용적인 수단이 아니라, 어떤 지위를 구축하기 위한 수단이 되어버린다. 그래서 다섯 개 나라말을 구사하며 호텔 프런트에서 일하는 소박한 노인은 찾아보기 힘든 것이다.

여기서 파생하는 또하나의 문제는 외국어가 실용적 수단의 지위에서 벗어나게 되면서, 가령 어떤 일에 써먹기 위해 통계학 공부를 한다든가 하는 것과는 완전히 다른 맥락에서 외국어를 바라보게 되어, 실제로 그다지 필요하지 않은 사람들까지, 심지어 온 국민이 외국어 공부에 매달리게 된다는 것이다. 결국 실생활에서 필요하지도 않은 외국어를 습득하느라 사회적으로 엄청난 비용이 들게 된다.

실용적이지 않은 외국어 공부

그렇다면 온 국민이 외국어를 거의 의무적으로 십 년 이상 배우는 일은 그만두어야 할까? 아니, 그것은 계속해야 한다. 온 국민이 거의 의무적으로 십 년 이상 국어를 배우고, 수학을 배울 필요가 있듯이, 외국어도 그렇게 배울 필요가 있다. 다만 그 목표는 실용적인 것이 아니다. 흔히 영어를 십 년이나 배우고 외국인과 대화도 제대로 못한다면서 영어 교육 방식이 잘못되었다고 비난을 많이 하는데, 그런 비난은 수학을 십 년이나 배우고도 물건값 계산조차 제대로 못한다는 비난과 비슷하다. 수학을 십 년이나 배우고 물건값 계산을 제대로 못하는 것이 물론 자랑할 만한 일은 아니지만, 그렇다고 수학을 십 년이나 배우는 것이 물건값 계산을 잘하기 위한 것은 또 아니다.

그럼 말은 제대로 못하더라도 외국 문헌은 잘 읽어내기 위해, 그 도구로서 외국어를 배우는 것일까? 아니다. 이 또한 실용적인 목표라는 점에서 말을 배우는 것과 크게 다를 것이 없다. 그리고 애초에 글을 읽기 위한 도구로서 언어를 배운다는 말 자체가 받아들이기 어렵다. 언어라는 도구와 언어로 이루어진 글이 그렇게 기계적으로 나뉠 수 있는 것이 아니기 때문이다. 국어 공부를 보면 그것을 알 수 있다. 우리는 날 때부터 우리말을 하고 또 한글이라는 문자도 꽤 빨리 익히지만, 그럼에도 오랜 기간 국어 공부를 한다. 한글로 된 글을 읽어나가는 것 자체가 한국어를 깊이 배우는 과정이기도 하다. 도구와 목적이 구분되지 않는 것이다. 외국어 또한 마찬가지다. 그래서 대학에서 영문학을 전공하는 것을 영어로는 'read English'라고 단순하게 표현하기도 한다.

따라서 외국어를 배우는 것이 곧 무언가를 하기 위한 도구를 얻는 것이라는 실용적인 생각에서 벗어날 필요가 있다. 외국어 공부도 얼마든지 그 자체가 목표인 공부가 될 수 있다. 사실 중고등학교, 나아가 대학에서 배우는 것이 모두 실용적인 목표를 갖고 있는 것은 아니다. 아니, 오히려 거꾸로 실용적인 성격을 벗겨내자는 것이 목표다. 적어도 '인문'계 고등학교나 '인문' 대학 등은 그렇다. 이곳에서는 공부 자체가 목적인 공부가 중심을 이룬다. 실용적인 목표에 집중하자면 문과 생들이 사회에 나가서 직접 적용할 일이 많지 않은 수학을 그렇게 오랜 기간 배울 필요가 없을 것이다. 또 일상생활에서 우리말을 구사하는 데 어려움이 없음에도 그렇게 오랜 기간 국어를 배울 필요가 없을 것이다. 외국어도 마찬가지다. 사회에 나가 외국어를 일상적으로 사용할 일이 없는 사람들도 모두 외국어를 배운다. 이 모두가 실용적인 이유 때문이 아니다. 인문교육이 본래 그런 것이기 때문이다.

우리의 인문계 학교들의 교육 목표는 고대 그리스 로마에까지 거슬러올라가는 인문교육의 전통에 뿌리를 두고 있다. 이 인문교육의 전통은 흔히 교양과목으로 번역되기도 하는 자유 학문liberal arts의 교육과 이어지는데, 여기서 자유라는 말이 붙은 것은 이것이 직업인이 기능을 익히는 훈련이 아닌 자유 시민의 소양에 필요한 교육이었기 때문이다. 교양교육, 전인교육 등과도 통하는 이런 교육 방식은 현대적으로 보자면 자유 시민에게 필요한 인문교육인 셈이다. 여기에서 핵심은 기능을 익히는 것이 아니라, 즉 어떤 실용적 지식을 획득하는 것이 아니라, 공부 자체가 목적인 공부다. 굳이 사족을 붙이자면 인간 됨의 의미를 묻고 답을 찾으려고 노력함으로써 인간이 되고 자 하는 공부인 셈이다.

우리나라도 이런 교육 이념을 받아들였기 때문에 십여 년의 세월 동안 일상생활에 쓸모도 없을 것 같은 국어와 수학을 공부하고, 또 외국어를 공부하는 것이다. 물론 이런 이념은 서구에서, 특히 20세기를 맞이하면서 과학기술의 발전으로 인해 공격을 당하기도 했지만 아직 그 틀은 유지되고 있고, 이는 우리나라도 마찬가지다. 오히려 최근 들어 그 의미가 더욱 부각되는 느낌도 있다. 이 틀 내에서 이루어지는 외국어 공부는 교양교육의 내용을 꼽을 때 제일 먼저 들어가는 언어 교육에 속하는 것으로, 어떤 실용적인 목표를 달성하려는 것이 아니라 국어나 수학과 마찬가지로 공부 자체를 위한 공부이며, 굳이 목표를 제시하자면 인간을 배우고 인간이 되기 위한 공부일 뿐이다. 인문학의 대상으로서의 외국어와 실용적인 도구로서의 외국어를 기본적인 수준에서 구분하여 생각하지 않는다면 지금과 마찬가지로 양쪽 다 제대로 못 챙기기 십상일 것이다.

번역의 자리

번역은 외국어를 다루는 만큼 번역의 처지도 외국어의 처지와 크게 다르지 않다. 외국어가 실용적인 도구로만 인식되는 상황에서는 번역 또한 실용적 도구 이상의 대접을 받기 힘들다. 아니, 이 실용적인 도구를 우리말로 옮겨주는 도구이기 때문에 도구의 도구가 되어 외국어보다 훨씬 못한 처지에 놓이게 될 수도 있다. 외국어 공부가 그 자체로 목적일 수 있는 인문학적 공부라고 인식하는 사람이라 해도, 번역은 거기에 부수되는 보조 수단 정도로 인식할 수도 있다. 실제로 많은 사람들이 외국어 공부를 하면서 번역을 처음 시도해보게 되고, 그 목적은 대개 외국어에 대한 이해력을 높이는 것이다.

개인적인 공부가 아니라 사회적으로 통용되는 번역도 대개 실용적인 도구의 자리에서 벗어나지 못한다. 기본적으로 번역은 외국어에 능숙하지 못한 사람이 외국어 텍스트에 접근하게 해주는, 그것도 간접적으로 접근하게 해주는 다리로 인식된다. 그래서 번역가에게도 당신이 아니었으면 읽지 못했을 훌륭한 글을 당신 덕분에 간접적으로라도 접하게 되었다고 감사하곤 한다. 반대로 번역가는 외국어에 능숙하지 못한 사람에게 외국의 훌륭한 글을 전달하는 데에서 자부심을 느끼기도 한다. 그러나 이렇게 감사를 하고 자부심을 느껴도 '도구'라는 번역의 자리는 기본적으로 달라지지 않는다.

사실 번역의 지위는 최근 들어 꽤 향상되었다고도 말할 수 있고, 여러 곳에서 번역의 중요성을 강조하는 이야기도 들린다. 그러나 대개는 원래 외국어로 적힌 글의 내용을 정확하게 전달하는 것이 중요하며, 그런 면에서 번역이 도구적 역할을 잘 수행해야 한다는 뜻으로 하는 말이다. 또 인문학의 중요성이 거론되면서 번역도 덩달아 거론되는 일이 잦은데, 이것도 번역이 인문학의 중요한 한 부분으로 인식되기 때문은 아닌 듯하다. 대개는 인문학의 번역이 중요하다는 수준에서 이야기가 끝나는데, 인문학 텍스트를 번역하는 일이 중요하기는 하지만, 인문학 텍스트를 번역한다고 해서 번역이 곧 인문학이 되는 것은 아니다.

이런 모든 인식이 그릇되었다거나 하찮다는 말은 아니다. 단지 번역에서 인문학 그 자체의 인문적 성격—그런 것이 있다면— 을 찾아내고 드러내는 일이 중요하고, 그것이 번역의 자리를 제대로 찾아주는 방법임을 강조하는 것이다. 이런 면에서 번역은 일단 두 언어를 전제로 하고 들어가는 만큼, 일차적으로는 언어가 인문학의 왕좌로 복권되지 않는 한 번역도 인문학적 의미를 부여받기 어렵다고 말할 수 있다. 지금처럼 외국어가 실용적인 도구로만 인식되어 인문교육에서 과거에 차지하던 자리에서 밀려나는 상황에서는 번역 또한 자기 자리를 찾기가 어렵다. 사실 인간의 일상생활의 핵심을 이룬다는 면에서 언어만큼 실용적인 도구도 없을 것이다. 그러나 언어는 인간의 도구인 동시에 인간의 본질이다. 그렇기에 언어가 인문학의 핵심을 이루는 것이다.

또 한 가지 번역의 인문적 성격을 이야기할 때 짚고 넘어가야 할 점은 번역이 단지 외국어와 모국어 사이를 건너다니는 수단에 불과한 것이냐 하는 문제다. 외국어 공부가 실용성을 넘어선 인문학적 공부라 하더라도 번역이 그 공부의 수단에 불과하다면 번역 자체는 인문학과 별 관계가 없을 것이다. 그러나 번역은 외국어 공부를 위한 별도의 수단이 아니라 어떤 모어를 가진 사람이 외국어를 공부할 때면 필연적으로 수반되는 핵심적 과정으로서 외국어 공부, 즉 언어 공부 자체와 분리될 수 없다. 우리가 외국어를 공부할 때는, 글로 쓴 번역이라는 외적인 틀을 갖추지 않는다 해도, 우리 내부에서 모어와 외국어가 끊임없이 교섭을 하는데, 사실 이것이 외국어를 공부하는 핵심적인 이유이기도 하다. 즉 두 개의 언어가 서로 맞닿는 순간 두 언어 사이의 본질적 유사성과 흥미로운 차이들이 드러나고, 그 과정에서 서로 다른 인간들의 본질과 차이와 관계, 그리고 둘을 넘어선 제3의 가능성에 대한 새로운 통찰을 얻게 된다. 번역은 이 과정을 관장하는 작업이고 그 자체로 인간적인 즐거움을 주는 작업이며, 그렇기에 인문학적 작업이라고 부를 수 있다.

우리 눈에 보이는 번역물 가운데 어떤 것들은 그런 즐거움을 느끼는 과정이 모태가 되어 생겨난 것이며, 이런 작업을 할 때는 그 자체가 흥미로운 목적이 되어 외국어를 익힌다든가 외국어를 모르는 사람에게 뭔가를 알려준다든가 하는 등의 실용적인 목적은 뒷전으로 사라지기 마련이다. 이렇게 실용적이지 않은 작업에 강제로 실용적인 틀을 씌우려 할 때 그 진정한 목적이나 의미는 왜곡되기도 한다. 가장 실용적이지 않은 번역이라면 흔히 문학 번역을 떠올릴 것이다. 그러나 이 경우에도 많은 사람들에게 실용적이지 않은 것은 '문학'이지 '번역'은 아니다. 번역은 사람들에게 실용적이지 않은 즐거움을 안겨주기 위한 실용적인 작업으로 여겨지는 것이다. 그러나 문학 번역을 이런 식으로 외국어가 능숙하지 못한 사람들에게 외국문학을 읽히기 위한 수단으로 보게 되면 번역 자체의 즐거움과 인문학적 성격은 사라지고, 그 실용적 목적에 번역이 얼마나 봉사했느냐 하는 문제가 중심에 자리잡게 된다. 그리고 이로 인해 번역의 가치가 왜곡되면서 많은 문제가 발생한다.

자, 이런 질문으로 이야기를 정리해보자. 외국어에 능숙한 사람도 외국문학을 원어로 읽지 않고 번역으로 읽는 것이 의미가 있을까? 아마 많은 사람들이 그렇게 외국어를 잘하면 원서로 읽지 뭐하러 번역서를 읽느냐고 답할 것이다. 그러나 자신이 혼자, 때로는 의식하지 못한 상태에서 해보는 번역 작업에서 인간적 즐거움을 느끼듯이, 전문가가 공을 들여 해놓은 번역 자체에서도 두 언어가 뒤엉키고 새로운 가능성들이 탄생하는 과정을 지켜보며 즐거움을 느낄 수 있지 않을까? 그리고 그것은 서로 다른 인간들의 본질적인 교섭 과정을 살펴보며 인간을 공부하는 중요한 작업 아닐까? 여기에 그렇다고 답할 수 있어야만 번역의 진정한 자리를 찾는 것이 가능해질 듯하다.

완전한 번역에서 완전한 언어로
ⓒ 정영목 2018

1판 1쇄 2018년 6월 1일
1판 3쇄 2022년 9월 8일

지은이 정영목

기획·책임편집 강윤정 │ 편집 김봉곤 김영수 황예인 │ 모니터링 이희연
디자인 김이정 이주영 │ 마케팅 정민호 이숙재 박치우 한민아 이민경 안남영 김수현 정경주
브랜딩 함유지 함근아 김희숙 박민재 박진희 정승민
제작 강신은 김동욱 임현식 │ 제작처 한영문화사

펴낸곳 (주)문학동네 │ 펴낸이 김소영
출판등록 1993년 10월 22일 제2003-000045호
주소 10881 경기도 파주시 회동길 210
전자우편 editor@munhak.com │ 대표전화 031) 955-8888 │ 팩스 031) 955-8855
문의전화 031) 955-3578(마케팅) 031) 955-2678(편집)
문학동네카페 http://cafe.naver.com/mhdn
인스타그램 @munhakdongne │ 트위터 @munhakdongne
북클럽문학동네 http://bookclubmunhak.com

ISBN 978-89-546-5136-3 03810

www.munhak.com